MIRROR IMAGE 镜像

朱燕玲工作室

异境

三十九城

闻人悦阅 著

中信出版集团 | 北京

图书在版编目（CIP）数据

异境：三十九城 / 闻人悦阅著 . —北京：中信出版社，2023.1

ISBN 978-7-5217-4805-5

I. ①异⋯ II. ①闻⋯ III. ①短篇小说—小说集—中国—当代 IV. ① I247.7

中国版本图书馆 CIP 数据核字（2022）第 182446 号

异境：三十九城
著者：　闻人悦阅
出版发行：中信出版集团股份有限公司
（北京市朝阳区惠新东街甲 4 号富盛大厦 2 座　邮编　100029）
承印者：　浙江新华数码印务有限公司

开本：880mm×1230mm 1/32　印张：7.375　字数：124 千字
版次：2023 年 1 月第 1 版　印次：2023 年 1 月第 1 次印刷
书号：ISBN 978-7-5217-4805-5
定价：58.00 元

我们渐渐与往事疏离

那些城市的前世

如同白驹过隙

曾经烟花漫天旖旎

那时的我们

和整个世界

都还年轻

烟火嘉年

希望上升时如同烟花
划亮夜空下
心中的角落
你我只有一瞬的年华
彼此打量
他眼角仿佛有点光影
折射出世间旖旎
我们已经到达山顶
烟花上升
绽放的位置比我们还高
然后坠入山谷
下山的路极其沉寂也无灯照
丛林在我们身畔蔓延
延伸处又见灯火绵连

我们已经下山

回到人间

我们与人群擦肩

听到下一场烟火的预言

然后回首仰望

寻找曾经站立的山巅

也许将别无选择

在那样的时刻

再次上山

看烟花上升冉冉如歌

此刻人潮汹涌如浪席卷

然后潮退好像流川

寂静后 我们在原地

还在人间

目录

我们罗曼蒂克的过去及异境 自序 *1*

一九三〇年代的异境

敦煌 *6*

一九一〇年代的异境

恰克图 *13*

一九二〇年代的异境

库伦 *20*

归化 *26*

定远营 *30*

包头 *34*

黄河渡口 *39*

兰州 *45*

河州 *51*

一九三〇年代的异境

永登 *57*

北平 *63*

哈密 *68*

酒泉 *72*

莫斯科 *79*

柏林 *85*

天津 *90*

上海 *95*

小樽 *99*

海参崴 *106*

迪化 *111*

奇台 *119*

喀什噶尔 *123*

伊尔克斯塘卡 *131*

维也纳 *137*

里加 *142*

巴黎 *147*

巴塞罗那 *155*

一九四〇年代的异境

伦敦 *160*

根西岛 *165*

马耳他 *173*

柯尼斯堡 *177*

马尔代夫 *181*

延安 *187*

南京 *191*

杭州 *195*

一九五〇年代的异境

香港 *200*

利物浦 *208*

一九六〇年代的异境

纽约 *213*

一九七〇年代的异境

台北 *220*

自序

我们罗曼蒂克的过去及异境

写小说是一件如此让人沉醉的事。故事中的世界广袤无边，凝聚在文字中的那些瞬间，在不断琢磨中不知不觉形成如琥珀那般的质地，定型封存。若徐徐散发光华，无非是因为心有所感。

我在二〇一八年写完一部长篇小说《琥珀》，我在那个世界里穿梭了数年，要关门离开的时候恋恋不舍。书中的人物从少年成长，再老去，这世界也走了一个世纪。当他们年轻的时候，这世界也正要开始去实践一些年轻的理论。时光一向天真、任性，甚至残忍，一去永不回头，我们的今生其实早已在前世扎下了根，让人忍不住回望的总是属于我们的那些罗曼蒂克的过去。

从二〇一五年开始写《琥珀》，写稿共三年，同时每月要交一篇专栏文章。因为沉浸在《琥珀》的人生中，于是潜意识下在这个专栏的故事里埋下了一些与《琥珀》有关的线索——不过这仍旧都是一个个独立的故事，没有《琥珀》，它们一样可以存在。写这些故事是为了不想与过去失之交臂。《琥珀》中出现了大约四十个城市，每一个城市当然有各种各样的演义——所以每一个短篇是这每一个城市的备忘录，只是寥寥数笔，只能收录前世今生的几个场景而已。这好比是一个实验，虚构与真实互相验证，得出的真相是人性中我们值得珍视的部分。

在这里，这些时光碎片般的往事从敦煌开始，然后就大致按着小说中莫小娴从少年时开始经过的那些地方一步步走下来，一路经过恰克图、库伦、归化、定远营、包头……从此天远地长。

那些城市即便没有她的故事，也照样会日升日落，年年岁岁地延续着一个城市自己的传奇。但是我偏偏捡到了某些遗落于历史的碎片，于是像一个好奇的孩子，试图把它们拼在一起，自己也被那折射出来的光与影所吸引，深深地着了迷。这其实也是写《琥珀》和这些故事时的心情。

《琥珀》初稿定于二〇一八年初。

那年夏天在巴黎，小说《琥珀》还没有最后定稿。小说中的莫小娴在一九三七年到过巴黎，到了二〇一八年，要走一走她在半个多世纪前走过的路还不是太迟，至少巴黎的建筑还多半以过往一样的姿态站立着，八十一年前存在的，八十一年后还在这里。写稿中与笔下人物朝夕相处，沿“当年”那条路走一走，好像是与一个老朋友的默契。

脚踏实地走在路上，夏天的阳光照在身上，故事中的情节是虚构的。但是一九三七年切切实实存在过，那么久远的人与事大半湮灭了，可是如要寻找，总是有迹可循。

一九三七年，巴黎有一场世博会，莫小娴要去找一个人，结果没有找到，所以与巴黎也不过是一场短暂的相会，仿佛水滴汇入海洋，瞬间无影无踪，可是那存在过的可能性却是无法否认的。这就是写小说的妙处，在真实与虚幻之间架起一座桥梁，记忆可以被唤醒，历史又可以变成一面镜子。至于一个中国女子因为什么样的原因出现在一九三七年的欧洲，要找谁，结果又如何，自然是一个悠长而且可能无解的故事。故事中的人生可以被塑造，但是我们都可以选择如何站在历史中。

一九三七年的世博会显然没有在巴黎留下太多的痕迹，在旧书店很难找到跟一九三七年世博会有关的地图；这个年份也没有能引起太多人关于世博会的联想。也许这不是一场让人怀念的盛宴。本来应该是以展示人文关怀为目的，借人们在艺术和技术上取得的成就来为未来作出一个保证——美好初衷如此。但这一场世博会正好处在一个艰难的历史节点，第二次世界大战在两年后爆发，而这一年的世博会其实已经展露战争一触即发的端倪，回顾中颇有点不堪回首的无奈。毕加索那幅著名的《格尔尼卡》就是当时受西班牙共和国政府委托，为世博会西班牙区绘制的，描绘了西班牙内战中纳粹德国在佛朗哥授意下，对西班牙共和国格尔尼卡城的轰炸，这是人类历史上经受的第一次地毯式轰炸。没错，人类历史终于步入了一个新的阶段，人类终于掌握了新的技术，一面急于创建，一面急于毁灭。世博会原址与埃菲尔铁塔隔着塞纳-马恩省河相对，当年各国的会馆在铁塔下毗邻而建，尔后有一些国家再见便在战场上了。

二〇一八年的埃菲尔铁塔当然是一个游客频繁光顾的地方，当年会场建筑大多不存在，但是对照地图，依稀也可辨认出当年世博会馆的格局。刚好碰到时装周，当年的东京馆有与时装周有关的活动，东京馆的建筑亦是为巴黎世博会而建的且保留了下来，这些年作为现代及当代艺术馆，也是见证了世博会后八十一年的历史。

八十一年前，莫小娴离开世博会场，沿着塞纳-马恩省河左岸往上走，越往前走越热闹，巴黎最辉煌的历史逐渐展示在河的两岸。但是她忍不住泪如雨下，明知已经永失所爱，却不肯承认……最珍贵的，或许总遗落在历史里。

八十一年后，我也走在左岸，快接近巴黎圣母院的时候，岸边出现许多卖旧书的小摊，最受欢迎的还有老招贴画和地图。不过要找一九三七年的地图并不容易，倒找到几本一九三七年的体育杂志，很有时代感，光看那些照片，很难相信席卷全球的战争正在逼近。到了最后一家，闲闲问摊主，有没有关于一九三七年的东西。他眼睛一亮，不发一言，从一堆地图中一张张翻起，然后抽出其中一张。他说，整个巴黎你也未必容易找到这样一幅。

我低头一看，正看见地图上印制的几个字，"一九三七年巴黎世博会"。

原来偶遇就是这样。

总之，这里的故事是写长篇小说《琥珀》时的意外所得，无意中这些故事也向所有《琥珀》中提到的城市致意，让时光回溯到这个世界年轻的时候。

敦煌

武墨的祖母曾提起自己年轻的时候去过敦煌，那是七十多年前的事了。

武墨听的时候，没有放在心上。而时光如行云流水般翩然而逝。

某个夏天，她去博物馆看一个展览，却走错一个展厅，馆内人山人海，她环顾四壁，满眼华丽辉煌，原来是以敦煌为主题的大展。她原本在炎热天气中走得心浮气躁，但在一室的热闹中突然心平气和。那一刻，她突然想到祖母说过的话，但太迟了，祖母已经往生，她却异常渴望了解敦煌。

武墨回家问父母，他们也很惊讶，居然说从来没有听说过这样的事。父母异口同声说，我们老家在江浙沿海，要说内陆，老一辈最远也就到过重庆。再说七十多年前，兵荒马乱，敦煌地处西北，交通不便，当时她一个不到二十岁的女孩子绝无可能独自去那般偏远的地方，除非有人同行。说到这里，他们面面相觑，一来觉得这假设可能埋藏着一个意想不到的故事，二来有些唏嘘，觉得隔代如隔山，与家中老人这样缺乏交流，不无惭愧。但是，说什么都太迟了。

结果，后来武墨自己报名参加了一个敦煌旅行团。其实，是因为当时工作上诸事不顺，才会有这样的念头——非常想躲到一个远离尘世的地方清净几日；或者潜意识里，她希望祖母在冥冥之中也许会给她一点启示。总之，敦煌这个名字已经在她心中悄悄生根。

就这样，她与一群陌生人一起从南中国海滨的都市出发，想象自己正一路颠簸、风尘仆仆奔赴传说中的沙漠绿洲。武墨也试着想象祖母当年的心情，但毫无心得，一切已经沧海桑田。

去敦煌当然是为了看莫高窟，但如今参观莫高窟要先在数字展示中心看两场教科电影，然后才有资格再乘车辗转来到石窟所在。他们跟随导游徒步走上层层石阶，导游小心翼翼用一柄柄锁匙依序将洞窟铁门打开；武墨最想看的那几间却不在公众开放的清单上。她跟着大队亦步亦趋，心中感慨纷呈——站在高处，放眼四望，周围的黄沙与洞窟壁画的绚烂艳丽形同两极；可她总觉得头顶的蓝天没有想象中那么碧蓝，新绿的白杨也没有想象中的老态龙钟。如果她祖母来过，她们视野所及看到的究竟有多少是重叠的风景？武墨有丝怅然，觉得自己所见的其实都在预期之中，就像整个时代，一切已经被纳入现代操作管理的章程，想要惊喜简直有点奢侈。

旅行团当晚住在敦煌，第二日就马不停蹄要赶往兰州。武墨在最后一刻突然决定多留两日，自星级饭店搬到当地青年旅社。旅社老板很年轻，镇日与入住的那些年轻人厮混在一处。入夜，年轻人喝酒的喝酒，喝茶的喝茶，天南地北闲聊，或者干脆枯坐发呆。武墨谁也不认识，可是又觉得自己天生就该属于这样一群人，心情渐渐放松。当老板坐到她旁边的时候，她随口问，不知道这城里还有没有从一九三〇年代就住在这里的老人。

她的问题有些绕口，老板瞄她一眼，拉长音调问，是怎么回事？

那腔调像个善于卖关子的老人，武墨扑哧笑出来，便接着说起自己祖母的往事，其实三言两语就把来龙去脉给说完了，旅社的气氛适合这种不着边际的闲谈，她也不期望真能对往事探个究竟。

谁知，老板听了，突然用手掌一拍桌子，道，你找对人了。我们家世世代代都住在敦煌，而且我有个远房叔公原先是千佛洞的小沙弥，后来还俗了，但他见过的人可不是一般的多。明天一早，我就带你找他去。

沙漠绿洲的清晨来得格外早，天也显得分外高，老板带她穿过新城区。武墨一面走，一面仰望高空，产生想要腾云驾雾的念头，希望可以升空越过四周这些呆板的城市建筑，好尽情远眺周围的沙漠风光。

老人原来住在城中新兴的公寓里，屋内陈设也像新瓶装旧酒。旧的也是这个新世界的产物，大多是各种量产的生活用品，这可与老人以高龄经历过的那些年代毫不相干，与她想象的不同。年轻老板让她和老人坐下，自己给大家泡茶，同时说明来意。满脸皱纹的老人翻起眼皮看了武墨一眼，就眼观鼻，鼻观着玻璃杯里的浓茶出神。年轻人神态悠闲，有一搭没一搭地拉起家常，说的是他们家族里眼前的各种芝麻蒜皮的小事；因为是和老人说话，他换了西北口音，而且大多自问自答，武墨没全听明白，但觉得眼看着人生炊烟袅袅，热闹非凡。老人听了半晌，终于抬头，却说，这都几十年了，没人问过我以前的事呢。

年轻的老板朝武墨挤挤眼，抬高声音，又把武墨的故事说了一遍，最后大声道，她祖母来过敦煌，没准您见过哪……他说了太多话，显出一些疲态，口气也开始有些敷衍，想来也不期待真有收获。

老人不知有没有听明白他的话，低下头只顾冥想。年轻老板失去了先前的兴致，抛下叔公，开始与武墨闲聊，一面继续周到地替老人添茶。谁知老人忽然突兀开口说：一九三〇年代初的时候，有许多外国人来千佛洞——就是莫高窟嘛。有的时候来的是整支考察队，经过咱们这里看一看，然后再浩浩荡荡往西面沙漠里去。过了几年，新疆不欢迎外国人了，甘肃一带的外国人都被赶得干干净净，那么来的就只有中国人了。来来去去的人可还是多着呢，我可怎么记得清有谁。他半眯着眼睛，突然目光炯炯有神，像蜡烛灯芯摇曳生辉，视线在两个年轻人脸上来回移动，像打不定主意要说给谁听，然后聚焦慢慢散了，换上自言自语的语气道：有一次，来了一位军官，带着女眷，那女子女扮男装，穿着军服。我在做晚课，就在一间石窟当中，烧着香，敲着九响暮鼓。他们以为我没看见，但是我全瞧得很清楚……他们……他们……看上去这般欣喜，可是毕竟太年轻啊，不知道这人世，一切终归是如梦幻泡影。

他们听老人声音越说越高昂，竟似源源不绝，有种豪迈的气概，颇为荡气回肠，一时被他震住了，可谁知他的话又戛然而止。他们再等他开口，老人却无话，连茶也不喝了，入定了一般。

年轻的老板无可奈何地看了武墨一眼，悄声问，那会是你祖母吗？

她想一想，摇头笑着说，应该不是。我们家没出过传奇，没听说过有跟军人打交道的历史。

年轻人用手指敲一敲桌子，说，那么这就是另外一个故事了。

老人似乎累极了，半眯着眼，眼皮似乎一跳，然后眼睛终于慢慢闭上，把自己与周围的世界隔开，满脸皱纹仿佛藏了无数不可说的秘密，也仿佛坦白淡定，因为这一生该说的都已经说完了。

后来他们辞别老人，站在敦煌崭新的街道旁，街道上车来车往，真是时光淘尽多少往事烟尘里。他们这样想。

晚上，青年旅社的客人中有人拿出把吉他，于是有人弹，有人唱，一时分外热闹，她却格外沉默。年轻老板对她招呼得比别人更周到些，仿佛知道她还有心事未了。音乐声中，她突然想象今天这样的夜，在多年之后回望，想必会渺小如尘埃。可是，至少，她还拥有今夜，以及今夜之后的那些时间。然后，她发现自己也正开始和着那音乐的节拍哼唱起来。在众人的和声里，她觉得彼此心意相通，可也清楚明白自己并没有打算跟这里的任何一个人分享自己心底的秘密。可即便这样，有一些压抑难解的烦恼好像就这样在旅途中被冲淡了，变得无足轻重。

在回程的路上，她想，幸好还年轻——真是侥幸。

恰克图

小欢暑假的时候去看她的表姐，她们同岁，开学都要升中学。她住在香港，表姐住在纽约上州。几年不见，两人都骤然长高，变化不小，彼此打量，一时有些生分，半大的小孩便都摆出了矜持的样子，都不肯先开口恢复邦交。大人便故意派她们一起做些家务活，好让她们恢复小时候一见面就唧唧咕咕笑个不停的热闹。于是，她们一起爬上阁楼整理旧物。小欢的舅母希望把杂物都清出去，如果女孩子愿意收藏几样古董，决定权在她们。

表姐家一直与老人同住，那座都铎式的老房子一直是小欢童年记忆的一部分。老人在前两年过世，老房子舍不得卖，结果重新装修，外观风格维持不变，但里边格局在改建下脱胎换骨，透出简约之风，也填入了一切现代生活之必需。于是一切又变得合乎时宜，在时间长河里似乎将继续理直气壮地永存下去，而装修时清理出来的老东西都装箱堆在了阁楼上。阁楼的灯被打亮，小欢与表姐站在一起四下打量，纸箱子上已经积了一层薄灰，但一切看上去尚算井井有条。

小欢有些疑惑，道，都要扔掉，舅母倒是舍得？不留一些作纪念？

表姐看她一眼，咕哝道，所以才叫我们来看一看——把责任推给我们。

小欢便问，你想留什么？

表姐摇头，道，不知道，打开箱子随便看看吧。

一起浏览旧物，你一言我一语，两个女孩子倒是很快恢复了往日的亲密。不过旧东西真多，有老收音机、唱片、电话、玻璃餐具、棒球卡、玩具娃娃、夸张的饰物，还有各种衣服……属于不同年代、不同主人。两人固然觉得有趣，却没有继承的兴趣，直到看见一箱老照片，才异口同声说，照片不能丢。

几箱子的老照片由二十世纪五六十年代开始，几乎记录了老一辈踏上美利坚这片土地的全部历程。两个女孩子被吸引，干脆将箱子搬下来，坐在客厅里细细翻看，对着照片中人的服饰变迁，指指点点，咕咕笑个不停，就像幼年时候。大人见了当然颇感欣慰。

小欢的舅母也坐下来，捧起本相册，感慨说，照片当然是要留下来，只可惜老人来美国之前的那些全都没能带出来。

话音刚落，相册夹页便飘出一帧泛黄的老照片，小欢弯腰捡起，便笑了，道，这一张呢？这可不像是来美国以后才照的。

舅母伸手接过一看，呀了一声，道，可不是，我竟忘了还有这么张照片，原来收在这里了！那是我祖父的东西。嗯，让我想想，这照片上的应该是恰克图。

小欢和表姐异口同声反问，恰克图？那是什么地方？

舅母说，恰克图在蒙古与俄国的边界，是清代俄中边境的商埠，中国人隔着一条河建了买卖城，都是做生意的地方。

那照片显然是偷拍的——照片上的人没有准备好要照相，蓦然惊觉，对着镜头的脸严肃中带着意外惊奇。那是一间客厅，摆设明明是欧式的，可其中欧陆情调却被什么调和冲淡了，另有一种说不清的异域风情。后边墙上模模糊糊有个鹿头，近处桌上却摆着几个贴标签的大罐子，分明就是传统的中国茶叶罐，标签应该是红底，黑字写着茶叶的名目。照片中央则坐着两男一女，两位年轻的男子穿着西装，女子则是一袭长袍，怀中抱着个婴儿，那婴儿的脸在照片上异常清晰，使得那几位成年人在照片上都变作了背景。婴儿脸孔的神韵与那女子极其神似，只是一个正对世界好奇观望，另一个神情中却有些戒备。两人一前一后，母亲的影像略为朦胧，像浮于时光河流，载浮载沉由不得自己，不过只要她做得到，她愿意倾尽全力，不惜任何代价，好让怀中小小的她可以顺流而下……

小欢瞧着她们的面容出神，浮想联翩，忍不住道，好美。她将照片翻转，见后面写着"一九一五"几个字，惊讶道，这都一百多年前了！

她表姐惊讶地凑近照片，看了又看，然后用一锤定音的口气说，美，的确美，有种超乎时代的美。然后再细细端详，刻意让口气显得内行，跟小欢说，真难得，通常老照片里边的人像全都对着镜头，正襟危坐，没见过这种即兴抓拍的。

接着，表姐追问自己母亲，这照片上的到底是谁？跟我们家有关？

舅母却摇头，说，我也不太清楚，这照片太老了，据说是我祖父偷拍的，照片上那几个人大概跟他有些远亲的关系吧。那时，他刚学会照相的技术，顺手拍了些照片，只有这一张成功，不过，拍得真好，可以放到博物馆里去了。嗯，这肯定是他的得意之作，总是夹在一个随身的笔记本里，于是就带了出来。让我想想，这中间一个男子是他远房的表哥，另外两人是兄妹，本来是一个家族的人，但是他们那一支被逐出了家门。他们见面是背着族人。家族大，人与人之间的关系复杂得很。

小欢惊讶，打量她表姐，小声问，你家有蒙古的血统，我怎么从来不知道？

她表姐耸耸肩，欲言又止，仿佛一时不知道从何说起，结果只是吐着舌头笑了笑。她舅母却感慨道，原先在蒙古，那也算是个大家族，结果，后来，都是各走各的路了。我祖母是汉人，祖父后来没回过草原。

表姐老气横秋地对她母亲说，你不也是在美国出生的？

她母亲点头，说，可不是，过去的事没人提了，一切像没发生过一样。

小欢继续瞧着那照片，有些爱不释手，道，照得真好！突然，她咦一声，指着照片背景上另一模糊的身影，问，那又是谁？

舅母戴上老花眼镜，仔细看一看，说，这是个俄国人。我想起来了，这些俄国人跟他们有生意来往。你们不知道恰克图的背景，那地方又被叫作买卖城是有原因的，一切都是为了边境贸易嘛，许多俄国人在那儿落户，为着做各种各样的买卖……她说着说着，声音低了下去，像自己也不太确定。

结果，她们把这照片挑出来，单独搁在客厅的柜子上，打算改日去找个镜框好好地收起来。舅母若有所思，忙着家务却心不在焉，最后回到柜子前，低头凝视着那照片良久，突然道，我记起来了，这不是个生意人。

小欢和表姐围拢来，追问，不是生意人，那是什么人？

舅母一面寻思，一面道，我祖父会说俄文，家里因为做生意的缘故结交了一些俄国人。那年月，俄国人的背景可复杂了，若不是生意人，那很有可能是职业革命家。这照片上是在俄国人家里的聚会，这种聚会来的人什么样的都有。你看，照片上的这些人都是那么年轻，年轻人总是对世界充满了希望，他们也许就是慕革命之名去赶热闹也不出奇……

小欢和表姐听了一呆，略微回味，已经觉得外面的世界突然变得广大无垠，自己如同浮游的细尘，微不足道。她们还想问些什么，却又不知从何说起，期期艾艾迟疑开口道，不知那时的世界是怎么样的。

这个问题，连舅母都觉得自己答不上来，只能勉强解释两句，说，那是动荡的年月，蒙古一时宣布独立，一时又宣布自治，然后又立宪，成立蒙古人民共和国。与此同时，中国与俄国也都经历着无数变故……

她说了一半，也停下来。原来，在历史面前，他们都不过是些无知孩童而已。

而小欢却还没放弃，坚持问，但是你刚才不是说，他们对世界充满了希望，不是吗?

舅母重复希望那两个字，却没有回答是与否。

这个问题，只好留给时光了。

库伦

中国艺术史这堂课在那一年意外受欢迎。学习中文也同时开始变得流行，学校的外文部嗅到大市场的供需定律，实时增设了中文课。小寒在中国念到中学才赴美留学，中文基本功还算扎实，应征助教，一举成功，担当教一堂小班对话练习课，应付四五个学生绰绰有余。

其实是因为上一年纽约大都会博物馆推出与中国主题相关的展览，风靡全城，学校才会在新学期开始，实时增设人文课教中国艺术史。传说教课的客座教授是业内泰斗，于是旁听的学生也多了好些。

教到元代部分时，蒙古人阿瑟也出现在旁听学生之列。阿瑟也在学中文，是小寒的学生。讲台上，教授将元青花鬼谷子下山图罐投影于屏幕。主人公鬼谷子坐在一虎一豹拉的战车上，正要下山搭救齐国名将孙膑和独孤陈，一派运筹帷幄的姿态，胜负仿佛已见分晓。教授将历史背景数言带过，说该件瓷器在年中伦敦佳士得拍卖会上创下了中国艺术品的拍卖纪录，成交价一千四百万英镑。学生们很配合地哇一声惊叹，紧接着课堂一片窃窃私语声。阿瑟在这时举手，朗声说，我小时候，在家里也看到过这样一个罐子。

课堂上静下来，大家转过头去看谁在说这话，教授示意他说下去。阿瑟却道，我祖母用那罐子种了一盆草。

大家便轰然都笑了。教授却正色道，谁也没有说过那拍卖的青花罐是唯一传世之物，绘有人物故事的元代青花罐现在知道的就有九件之多，如果有一两件隐藏在民间，一点也不稀奇。许多传世之宝，在被发现之前，在人们眼中不过是些寻常器物。你祖母住在哪里？

阿瑟说，她住在乌兰巴托，已经过世了。课堂上又传来一片失望叹息声，有人问，那个罐子还在吗？

阿瑟说，罐子不知道去了哪里。不过记得小时候回乌兰巴托的时候，那青花罐子已经破了一半——上半部损毁了一圈。

有人便窃笑，并且发出一片嘘声，说，不会是编故事吧？

教授说，在乌兰巴托？这很有意思。乌兰巴托是蒙古首都，原来叫作库伦，是在清代才设城立防的。元代大都在现今北京城的位置，而青花是在景德镇烧制的。你见过的青花如果是真品，是如何到乌兰巴托的，倒值得推敲。你们家是蒙古人？

阿瑟点头。有人吹记口哨，说，他是美国人，他出生在这里……

一堂课已经到了快结束的时候，教授看表，阿瑟张张嘴，也许还有话说，却临时改变主意，只是跟着大家笑一笑，一堂课热热闹闹结束了。

第二天的中文对话课，小寒见到阿瑟。那天刚好别的学生都请假，小寒说，只有你一人，比较自由，说什么都好，反正都是练习口语。然后开玩笑，道，要不干脆说说你家的青花？

阿瑟笑道，原来昨天上课你也在？那教室太大，人又多，没看见你。嗯，这倒是可以讲一讲，但是就怕我的中文水平讲不好。

小寒说，你的口语并不差。你本来就学过中文吧？

阿瑟说，我父母会说中文。我们家以前在蒙古的时候是跟汉人做生意的，家里的老人也都会说汉语。

小寒作恍然大悟状，说，原来是这样，那青花是不是做生意的时候带过去的。

阿瑟点头，说，你猜得很对。我祖母跟我讲过那青花罐的来历。她说那青花就是以前跟我们家做生意的一家汉商托人从关内带出来的，好像是这图上的故事跟他们家还有些关联。罐子在路上却不巧损坏了，后来就放在我们家没有拿走——那都是清朝时候的事了。后来，苏俄在蒙古的势力影响越来越大，汉人不受欢迎，大多被迫离开，留下来的面临各种清算，各种人因为各种原因付出各种代价。那一家汉商也家破人亡，我祖母小时候见过那家人留下的唯一孩子。那少女在他们家逗留了大半年，然后独自离开蒙古，不是寻亲就是靠友。祖母说，其实那少女也有蒙古血统——她祖父早年在草原上留下来，据说是因为与一位蒙古女子相恋的关系。总之，祖母说那女孩骑马骑得那么好，有蒙古血统是一定的。

说到这里，阿瑟笑了，说，我祖母觉得世界上只有蒙古人才懂得骑马。奇怪，都说祖母记性越来越差，这么远古的事她倒是记得一清二楚。她说，家里来过那么一个人，就像这个家的一部分，忘也忘不了，包括那年月的事也像是刻在石头上的印记——库伦刚刚变成乌兰巴托，记忆当中，好像是幼年的某个夜晚之后，凌晨醒来，城市已经改名，同时有洪亮燎原的声音向所有人保证从此以后世界将是一片光明。可是，她一直觉得那女孩独自踏上的旅途，才是新世界的一部分，而她留在原地，只能用等待来迎接新世界的来临。只是渐渐地，人们便忘了要那嘹亮的声音兑现承诺，因为那保证变得越来越模糊不清，生活变得粗糙而脆弱，人们失去了探询的勇气，也不敢好奇。

正在这时，外语系的主任推门探头进来，奇道，这不是中文口语课？怎么听你们尽说英文，说什么，这么投入开心？

小寒红着脸，想，可不是说着说着就忘了。她说，我们在说跟中国文化有关的话题。

主任说，敢情好，但是别误了上课。只有一人，上课也不要马虎。然后故意作个颇威严的表情，轻轻将门带上。

阿瑟吐吐舌头，说，我是在一九八〇年代末才跟父母第一次回蒙古的，那时，美国与蒙古建交了，来去变得方便。那个青花罐子——不是我吹牛，花纹跟昨天照片上的一模一样——我记得可清楚了。祖母与我聊得那么投入，也就是那一次。前两年回乌兰巴托，找不到那个罐子了。

一个东西，从哪里来，去了哪里，真的说不清。昨天想问教授这罐子本来是不是该算是蒙古的东西？阿瑟停一停，用英文说，历史横插了一脚，模糊了许多的界限，少了哪一环都不是现在这个样子，但是一切的偶然成就了今天的一切。有些东西，是谁的，大概是没什么好计较。

小寒笑一笑，点头同意，一字一句，用中文，同他说，对，也许是不用计较。

归化

归绥就是后来的呼和浩特，在内蒙古。本来是两座城，一新一旧，即是归化和绥远，后来两城合并，便叫作归绥，那是清末民初的事。杰克家姓林，祖籍山西，曾祖父在归绥的山西会馆做过掌事，那差不多是北伐胜利的光景，整个国家地动山摇，小老百姓的生活也受到影响——时隔多年，流传下来几个故事，都是传奇，反而缺乏真实感；每年家庭聚会，长辈感怀身世，便要将故事说一遍，也算是代代相传，没有忘记根本。杰克不曾见过曾祖父，曾祖父的时代离他太远，一九二〇年代对他来说已经是古时候，晋商在西北创业的往事不比历史教科书上记录的年代事件更吸引人，一切俱往矣。杰克是从他祖父口中听到那些故事的，也算耳熟能详。可祖父觉得自己讲的历史，孙子并没有真的记住，因此每次讲完那些商路上惊心动魄的往事，都要长吁短叹一番。

杰克的祖父出生于一九三七年，那之前的事他其实也是道听途说。一九三七年卢沟桥事变，举国担心多年的战争终于发生，但所有人都知道那只是个开始，而不是结束，更大的战事即将来临，普通人对未来只凭想象也觉得胆战心惊，只能等着历史的浪潮蜂拥而至将自己淹没。那时月，战乱从没停止过，归化一带军队迎来送往是寻常风景；生意不好做，大商号胜景不复当年，纷纷结业回故乡。曾祖父一家原本依附着大商号生存，一荣俱荣，后来则大势所趋，也不得不离开了归化。曾祖父做生意那些年积累的人脉派上了用场，一家人虽然辗转辛苦，但是到底还是相互扶持走了出来。杰克祖父出生在天津，再后来，他们家在连绵不断的战争中一直南迁，执着地朝着一个方向走，最终定居南洋。家族越来越大，但后辈天南地北，散居各地。长辈有时感觉困扰，觉得儿孙没有把家族历史放在心上，事实上，过去在他们自己的记忆里也早已模糊。

杰克的曾祖父留下一张照片，是在归化三晋会馆前拍摄的。会馆建筑看上去跟内地的庙宇异曲同工，巍峨宏丽，站在正门前的曾祖父也自有一派威仪。那照片已经泛黄，放在一堆家庭照的镜框之中一直不引人注意，但是杰克的祖父一时兴起，在农历年家庭聚会的时候，将杰克叫到身边，交代他要把那张照片扫描保存。对于杰克来说这是小菜一碟，立刻满口答应。

他把照片取出镜框，才发现照片底端有一行字被镜框挡掉了，那一行字模糊不清，他看了半天只看懂其中“国民军”几个字，心中好奇，只好去问祖父。祖父捏着照片一角细细看了半日，想了想，才说，我记起来了，这照片是国民军中的照相师帮你曾祖父拍摄的。那时照相是件稀罕事，你曾祖父很珍惜这张照片，难得这些年保存了下来。

杰克随口说，曾祖父倒真的交际广阔，与军队中的人也有交情？

祖父道，也可以这么说。他帮国民军一位长官办成了一桩难事，那长官就做个顺水人情。他看看杰克，问，国民军是谁的军队，你知不知道？

杰克摇头。祖父拍拍身边位置，让他坐下，道，国民军是冯玉祥的军队，当时在西北很有势力，他有苏联人的支持，因此军中设有苏联顾问。这些苏联顾问大多不通中文，所以要找翻译，你曾祖父张罗着帮他们找到了要找的人。

杰克敷衍着哦了一声，并不觉得故事有特别精彩之处，谁知祖父接下去说，这翻译不好找。那长官开出的条件是要找一个女翻译。那时，会馆来了一个蒙古少年，俄文倒是流利，那长官派人来看，觉得不是要找的人，一不留神差点就将人放走了，还是你曾祖父看出来她是女扮男装，硬是将人从城门口找了回来。

杰克刚被故事吸引，祖父却已经讲完。祖父看他失望，微微一笑，似乎在意料之中，呵了一声，便又补充了几句，道，后来你曾祖父带着全家回天津，路上遇见那位长官的手下领兵东进，便搭了他们军队的顺风车，路上兵荒马乱，那一段路途尤其艰险，就因为这段交情，一家人倒是保了个平安。只是那位长官本人已经不知所终，冯玉祥的军队那时也已经被蒋介石收编。世事环环相扣，谁也想不到哪件事最终会引向什么方向。

杰克一怔，这句话和这段故事便这样记在了他心里。

定远营

小贾随外景队到了内蒙古阿拉善的巴彦浩特，才知道这座城以前被叫作定远营——城门外侧门楣上至今还留着这三个石刻大字。剧组在准备一出清宫戏，按理说该在影视城把所有镜头都解决了，但是美术指导一时兴起，要来看看“塞外小北京”的王府。小贾是跑腿的，得了号令，便跑在最前头，但他不相信剧组真的会搬到这么远的地方来取外景——他们根本没有这个预算。他猜测应该是美术指导跟导演意见相左，加上剧组开机押后，他们都在影视城待得闷了，所以打着幌子来散散心。清宫剧多得是，互相取经就可以了，他们的也不是年度巨制，似乎不值得特地跑那么远来看一座清代边陲地带的王府。他听向导介绍历史，只听见一句“阿拉善和硕特旗王阿宝征讨平定了青海和硕特部的叛乱，因此晋爵封王，开拓造城”。导演话还没说完，他便开始开小差，觉得那些名字听着费神，一只耳朵进，一只耳朵出，放弃了研究这段雍正年间历史的机会。都三百年前的往事了，过去便过去了，何必纠结——他这样说服自己，所以干脆把注意力放在城墙、四合院、建筑之上，但是一时分不清哪些是古建筑，哪些是破坏之后又重建的。历史真是折腾，正如他们剧组做一出戏，为了营造高潮，搭景拆景免不了无数浪费。

替他们开车的司机不是本地人，来自张家口，年龄与小贾相当，大家都叫他小董。小贾跟小董很聊得来。说起家族生平，小贾觉得自己家世乏善可陈，报上名姓籍贯便无话可说；而小董却来了精神，他有满肚子故事等着一吐为快。他家上溯几代是张家口的驮户，赶着驼队，穿梭在内蒙古和外蒙古之间的大戈壁上；运茶运货，也曾跟着清军征战。个人历史溶于大历史，因此说起同治、光绪年间的回乱，以及稍后左宗棠西征收复新疆，言之侃侃，说得头头是道，年份地点全都有条不紊，场景仿佛个人亲历，被他说得活灵活现，时代人生跌宕起伏。小董这种山海经般的叙事法，小贾爱听，一时觉得长了不少知识，好像补上了历史课。因此，当小贾站在城楼上，放眼远望的时候，心中就顿生了些豪气。原本有些豪气也是应当的，他们做影视，不就是无中生有，硬生生架起一个半真半假的世界，目的就是要让观众不胜唏嘘。小董将家族故事和盘托出，交给一个影视人，也大感满足，觉得那些家族往事，也许终有还魂的一天，变作众人的故事，也不枉费他上溯数代前辈的经历。

在定远城城墙上远眺的时候，小董与小贾并肩而立，在小贾面前，小董已经俨然成了历史权威人士，一张口便以“从前”二字开始。故事讲多了，小董觉得仿佛毕生所学都在这两天倾囊而出了，渐渐词穷，可听众和自己都还意犹未尽，于是搜肠刮肚要找一些新的素材。在城楼上，塞外的风迎面吹来，小董心中一动，又想起一桩轶事，觉得不能错过。

于是，他说，你知道吗，一九二〇年代的定远营，是可以被称作谍都的，这么说一点也不夸张。那时，这是许多外国考察队的必经之地，去蒙古，去甘肃或新疆的，都会从这儿经过……什么人都有，瑞典人、日本人，还有俄国人——后来的苏联人来来往往有很多，那时苏联支持冯玉祥的军队，几百万卢布的军需大多是在这儿交接的。我爷爷替冯玉祥的军队运过一些东西。有一回，来了一个苏联顾问，一来就打听前头一支队伍有哪些人。可前面的人已经走了个把月，他想必是不想引人注目，所以不问军中的人，反而找了我爷爷这赶车的细细盘问。巧就巧在我爷爷一听就知道他在找哪一个。前头那队人里有一个小兵，女扮男装，所有人恐怕都看出来了，却不点破，或许是不敢点破。大概只有她自己不知道别人其实都看得一清二楚。那个苏联人确认了这小兵的样貌，松了一口气。我爷爷说他这才明白，那些大兵肯这样迁就那女扮男装的小兵，显然是因为这个苏联人的关系。你说奇不奇怪？

小贾愣了一愣，才明白是在问自己，顺水推舟，干脆地回答，当然奇怪！然后却不知道要说什么好。他忽然觉得有些心虚，因为自己对历史的全貌缺乏了解，全然不知道该把这一段轶事放到什么样的范畴里去考虑，而他们编排的那些剧集与之相比，简直太缺乏想象力。

小贾极目远眺，想寻找从小在古诗中读到的“风吹草低见牛羊”的风景。但他明明置身在一个城市里，而这城市近在眼前，过去的却是这样遥远。

这时，小董望着远处，突然说，最好的故事都已经埋没。

这话仿佛是一个总结。

包头

小愿的父亲在硅谷做了三十年工程师，年中退休，忽然宣布要回上海讲学，顺便开同学会，再故地重游，老朋友们早就安排好了江南古镇巡游路线，而且还要去包头逛一逛。小愿见他兴致勃勃，仿佛摆开架势，准备开始一段新的人生，固然觉得安慰，同时也有些惊讶，因为自己从来不知道父亲还有这些错综复杂的社会关系。她母亲却纠正她，说，这怎么算是新的人生，这不过是他之前那段人生的继续——你父亲到硅谷之前，可是在中国生活了三十多年，那半辈子的故事，可不到了该理一理的时候？你有空，也可以跟去看看，要不然，对长辈的事一问三不知，总不太好。

小愿想想有道理，刚好去上海出差，便乘着周末时候，跟着长辈去凑热闹，先逛了他父亲当年求学的大学校园；然后由她做东，请长辈消闲吃饭；接着一起开往周边小镇，到了周庄、同里、乌镇，走马观花，虽然知道对于长辈来说一切已经沧海桑田，可她自己觉得诸事新鲜，看得颇有兴味。小愿十岁不到随父母在硅谷定居，老一辈人说的往事，对她来说不算难以了解，他们口中的那些历史大事她在书本上也读到过。稍后，他们要去包头，她因为工作，无法随行。

小愿父亲是大学毕业时候被分配去包头工作的，那时候的年轻人都被号召要到边远的地方去。小愿的叔叔还没上大学，赶上了上山下乡，去的是新疆；她的父亲大学毕业之后，也被要求离开城市——后来两人都花费了相当大的精力才重新回到出生地。小愿母亲常常开玩笑，说小愿差点变成了包头人。

这一次，包头是小愿父亲行程的最后一段，而小愿在上海等父亲回来，然后一起飞回旧金山湾区的家。她在地图上找到包头的位置，满脑子关于草原的罗曼蒂克的想象，觉得自己错过了一望无际的碧草蓝天，羊群白云。

小愿父亲终于从包头回来，与老朋友在上海告别，显得心满意足。小愿问他在包头做了什么，他说，回以前那间工厂看看，见见老同事，然后吃了全羊宴。

小愿好奇地问，那也是设计电路的工厂？为什么要去那么远的地方设计电路？她知道父亲年轻时候学的是无线电专业，学以致用当然天经地义。

父亲笑她无知，道，设计什么电路，那时我们镇日做的啊，不过是大炼钢铁。

那闲了去草原逛逛？骑骑马？小愿知道大炼钢铁的典故，吐吐舌头，继续搭讪着问。

唉，哪有时间骑马！都顾着学习了。

学习？学什么？

就是那时候人人都学的那些嘛！父亲说，那时娱乐有限，闲了就聚在一起天南地北地聊山海经，厂里的老人爱说故事，倒是听了好些书上没有的民间故事。可惜这次回去，没有见到那几个老人，时光不留人哪。他叹道。

什么样的故事？

小愿父亲道，那些琐琐碎碎的事情你未必有耐心听。他寻思道，不过，有段轶事倒可以讲讲，年轻时听过的往事，这次回去又想起来，是一位老人讲的家族往事吧。那家人是做生意的，老一辈一直在张家口与库伦之间跑，直到苏联控制蒙古，刻意要切断蒙古跟南边各种各样的联系，他们的生意当然做不下去了。但到了一九二〇年代，列宁过世，可能苏联国内斗争激烈，一时顾不上蒙古，边境管制明显宽松，他们家又开始跑库伦，当然那时库伦也已经改名叫作乌兰巴托了。有一次，他们受人之托，从库伦带回一个女孩，她一路穿着男装，以为别人看不出来，其实，这怎么可能，大家不过是不说破罢了。

她穿男装是怕路上有不必要的麻烦吧？

当然。小愿父亲说，所以她才会搭着商队南下，后来还真的出了事。那时走趟库伦不容易，商号尽量多带货，所以新雇了两三个赶车的，临时找来的伙计，不知根知底，就出了岔子。那几人大概觉得一个单身女孩好欺负，长得标致，身上还带了些钱财，就起了坏心。他们不敢贸然动手，等到了绥远，女孩子跟商队分了手，落了单，便一直跟着她到了包头——但谁想到三个壮汉，最后从包头回来的只有一人，而且，一点便宜也没有占到，算是恶有恶报。

这是怎么回事？小愿问。

回来只有一人，另外两人自然是没有生还。原来那女孩子会俄文，在绥远的时候，国民军部队找翻译，她应征，一试即中，也算运气不错，正好跟着军队西进，省却许多麻烦。军队到了包头，那几个小混混怕夜长梦多，觉得无论如何要就地解决，哪知行事当夜，他们才露行迹，就被人先下手为强。生还的那人完全是侥幸，因为要小解，走了开去，回来眼睁睁看到一个当兵的徒手解决了他的同伙，吓得他躲在暗处，一声也不敢吭。

小愿骇笑道，这么巧？

小愿父亲说，哪里是巧合，那女孩子分明是有人暗中保护着，这连她自己恐怕也不清楚。那个回来的小混混后来忍不住后怕，竟将自己的经历跟人和盘托出，还绘声绘色形容出事那晚听到的话——他说清清楚楚听到那当兵的骂道，这人你们也敢惹，真是不要命了。他无论如何也想不通，这么一个无依无靠的女孩，为什么就惹不得了，想要找个说法。

有什么说法么？

小愿父亲摇摇头，道，还能有什么说法，当着传奇感慨一番罢了。那时，西北一带复杂得很，会俄文的人，很有可能有不一般的苏联背景；别说俄国人，还有日本人也在那一带活跃着，常常有考察队，借着探险的名义过境，各有各的目的，谁都在找自己的代言人。他若真想找一个说法，那就太幼稚了，那些地域政治他岂能明白？

小愿嗯了一声，忽然问，你在包头的时候……

他父亲摆摆手，哦了一声，说，我在包头的时候，时代不同了，日子过得可简单了。时间那么快就过去了。

黄河渡口

妙妙纯粹是心血来潮想看黄河。

她学金融，暑期找到机会在香港的投资银行实习，要北上去黄河倒是方便，于是乘长周末，跟着一个旅行团从香港飞到了兰州，正好赶上附近永靖县的旅游节，据说许多节目会在黄河边上一字排开。旅游节其实跟敦煌有关，打着丝绸之路的名号，颇有先声夺人之势。妙妙只恨自己假期太短，去了黄河，便到不了敦煌。

除了她，旅行团成员都是退休人士，幸好在机场集结的时候，还有个年轻人拖着手提箱，站到她边上，笑嘻嘻地说，看来，整团只有我们两个年轻人。这另一个年轻人自我介绍，说，我叫弗拉德，是俄罗斯人。

妙妙哦了一声，打量他，好奇地问，你住在香港？

弗拉德理直气壮地说，我在香港工作，当然住香港。再多聊几句，妙妙便知道他的工作正是自己实习之后的目标——投行的分析师，而他虽然自称是俄罗斯人，却是在美国长大的孩子。这一点，其实跟妙妙一样——她家自上海移民美国，在美国出生的她听说过黄河，却没有见过，这一次终于可以一睹为快。于是她问弗拉德，怎么会参加这个旅行团，难道也是专门为了看黄河不成。

那时，飞机已经起飞，弗拉德正看着外头窗下逐渐缩小的陆地和波光粼粼的一片南中国海水，听到她的问题，转头过来，正色回答，我祖父在兰州住过。

妙妙咦了一声，敷衍问，真的？是什么时候呀？她心中觉得那应该就是近几年的事吧，这些年，外国人去中国住段时间，然后自诩为中国通，也算稀松平常。

谁知弗拉德掐着手指，想了想，说，大概是一九二〇年代。

妙妙听了颇吃惊，问，那时候？他怎么会在兰州？

弗拉德靠在椅背上，看上去十分放松。他回答说，祖父曾经在中国的军队里作军事顾问，在西北待了好多年。

我小时候，他跟我说过许多西北的故事，还说到过在黄河渡口坐羊皮筏子的经历，听上去惊险刺激，却没法想象。你猜怎样，我看到这次旅游节的照片中居然有羊皮筏子比赛，所以打算去看一看。

妙妙说，原来如此。后来呢？

弗拉德说，什么后来？

你祖父后来怎样了？

弗拉德说，后来，他就回苏联了呀。那军队的将领原先亲苏，拿了许多苏联的援助，但后来大概立场变了，双方分道扬镳，军队里的苏联顾问就不需要了。他笑一笑，说，再后来，我们家就离开了苏联，到了美国，那是祖父一辈的事，怎么发生的，我祖父不提，我父母也说不清，反正也没人问，说不清的事，多说无益。

妙妙对历史的细节不太重视，对他提到的羊皮筏子反而有很大的兴趣。弗拉德比画着，也说不出个所以然，便笑道，去了黄河边不就知道了？

滚滚黄河之上果然有羊皮筏子，货真价实由羊皮扎制而成——一张木筏下面结了十数张吹成筒状的整张羊皮，在波涛当中起起伏伏，便能借着浮力渡河了。羊皮筏子以前叫作革船，是黄河上游主要的摆渡交通工具。到了今天，若不是作为一种怀旧运动而存在着，恐怕已经消失了。妙妙与弗拉德自然也凑热闹上船摆渡，在黄河祁家渡口迎着滔滔黄河水，在小小颠簸之中由此岸漂向彼岸。那天风平浪静，渡口附近扎着彩旗，旅游节的条幅在风中居然纹丝不动。远处有人在快艇牵引下，从水面飞掠而过，不知是水上滑板还是滑翔伞。妙妙忍不住问导游，这黄河的水是不是一向这样平和无浪。导游扑哧一声笑了，瞥她一眼，回答，姑娘，安全第一，不安全的时候，便不会让你们游客下水，换在以前也是这样。

弗拉德坐羊皮筏子的时候看上去全神贯注，好像要印证此行就是为了坐羊皮筏子而来，表情十分郑重，仿佛满怀心事。妙妙看了不禁觉得好笑，弗拉德看她一眼并不解释，到了晚餐时间，坐在一起，妙妙学他的神情正襟危坐。他笑了，这才开口说起了前因。原来，当年，弗拉德的祖父要离开兰州的时候，正逢黄河涨水，兰州的铁桥被淹了，只好找羊皮筏子渡河。弗拉德道，我祖父有特别的任务，接了命令不敢不出发，于是只好到祁家渡口碰运气。当时天气恶劣，没人愿意接这活，他带了军中的一个小翻译，一家一家询问，才找到一个愿意揽活的老人。羊皮筏子倒是神奇，那样的大风大浪中居然渡过了河。祖父说，他若不能按时回到当时军队驻地，就是违背军令，后果严重，甚至家人也会受到牵连。总之，我一直好奇，想亲眼看看这羊皮做的筏子到底是怎样渡河的。

妙妙说，原来如此，只是以今天的天气，挺难想象风雨的惊险。你祖父能说服别人替他渡河，倒是不容易。嗯，也许是重赏之下必有勇夫。

弗拉德却摇头，说，祖父说多亏那个军中的小翻译，他自己一句中国话也不会说，没有她替他求情，可成不了事。

她？妙妙疑惑地问，以为弗拉德用错了称谓。谁知弗拉德笑一笑，说，就是她。那翻译是个女孩子。他们也觉得奇怪，听说是上级特别从蒙古乌兰巴托找来的翻译，很年轻，一直男装打扮，众人看出来了，也不敢点破——他们那些军中的顾问，谁都有一些特别任务，知道不该多管闲事。

妙妙越听越好奇，问，特别任务？然后心中一动，颇兴奋道，你指的是情报工作？

弗拉德却懒懒地回答道，这我祖父从没有细说，他不说，我们家人都没有旁敲侧击问他的习惯，旧事就无从知道了。从小，他最爱这样教导我——有些事，不知道才是最好的。

妙妙觉得他的话有逻辑的问题，哪里不对，却又说不清。外头，黄河水滚滚东去，弗拉德划着自己的手机，好似没了说故事的兴致。妙妙也无所谓，这一趟，她拣了几块历史的碎片，回顾了些轶事，也该满足了，一切所得都是意外。

住度假村，穿救生衣渡河，看黄河边新建的复古水车，吃地方小吃，短短的假期很快过去，一来一回，像一场梦一样。妙妙回来，睡了一觉醒来，甚至怀疑自己究竟是不是真的去了一趟黄河。

兰州

廖余是兰州人，不过在台湾念大学。他收到台湾大学录取通知书的时候，他的爷爷吃了一惊，问，现在可以到台湾去念书了？

廖余笑着回答，那有什么稀奇，早就应该了。一九八〇年代，大陆的学校就开始招收台湾学生，现在都二〇一一年了，世界能不变吗？

他爷爷一怔，说，时间过得真快……好，好，去台湾念书也好。听说，台北有条兰州街，你回来时，带张照片回来，让我看看那兰州街是怎么样的。

廖余一口答应，顺口问，您是听谁说的？台北真的有兰州街？

他爷爷却出了神，好像没有听到他的问话，他也没有介意。

结果，等他到了台北，发现不单有兰州街，还有迪化街、哈密街、敦煌路——老城区西北角的街道以中国西北省份的地名命名；别的方位也都能在中国地图相应位置上找到名字。一个城市的地图简直包含了整个中国的版图，如果熟悉地图，找路倒是方便。

假期回兰州前，他果然排出时间要去兰州街拍照。他的同学却说兰州街很普通，不知该拍什么，不如顺便去吃宜兰正常鲜肉小笼包，也算不枉一行。廖余有些失望，问，难道兰州街没有兰州拉面？

同学道，这又不是真的兰州。兰州拉面虽然也有，不过在别处——在台北，恐怕任何一个省的小吃都找得到。结果同学带路，他们一起吃了小笼包，外加蛤蜊丝瓜汤和鲜鱼豆腐汤。兰州街不是名胜所在，但幸而台北到处有美食小吃怡情。他吃得高兴，差点忘了正事，结果临走匆匆用手机拍了一些照片，不过是寻常街景。同学知道他是替爷爷拍照，便问，老人家有什么特别情结？非要看台北的兰州街？

廖余毫无头绪，原来他对爷爷的过去一无所知。

回到兰州，他向爷爷报告。爷爷戴着眼镜看手机屏幕上的照片，看得很仔细，也看得很费力，看了又看，结果却只是喔了一声，说，是这样的啊，看不出跟兰州有关系。

廖余笑了，说，可不就只是个地名而已。然后好奇地问，爷爷，我们家是一直都在兰州的？从没离开过？

爷爷说，从我祖父这辈起，我们家就在甘肃落脚了，但我们家原本是浙江人。

哦？廖余便问，为什么从浙江去西北？不会是因为逃难吧？

怎么是逃难呢？廖余爷爷摇头，耐心解释道，清朝同治年，左宗棠进驻兰州设置制造局，为征讨阿古柏收复新疆做准备。制造局本是随营制造军械的机器局。当时，胡雪岩出面向英国汇丰银行贷款，于是制造局买机器，请洋匠，也召集了广东、浙江的专家和熟练工匠，开始生产枪炮弹药，不但仿制德国和意大利的先进武器，也改造自己的劈山炮和无壳抬枪。我祖父就是那时候从杭州迁至兰州的，后来就留了下来——按现在的说法，当时也算是个工程师。兰州跟杭州不一样，看不见细腻的江南风光，但有它大气的地方，在那时候就很国际化了，来来去去各种各样的商人，有蒙古来的、西藏来的、新疆来的，有土耳其人、印度人、俄国人、英国人……这不是丝绸之路吗？无数人经过。

廖余啊了一声，道，原来是这样。那机器局后来怎样了？

爷爷嗯了一声，说，后来变成通用机器厂了吧。这变迁的历史有些复杂，冯玉祥的国民军，马步芳的马家军都掌管过制造局。一九四九年之前，马步芳运了许多机器去青海……太多事说不清楚，就不说了呗。

廖余不以为然道，现在哪还有什么是不能说的！

爷爷摇摇头，慢条斯理道，你懂什么？不能说的事自然还是说不得。然后老人叹口气，看一眼坐在自己对面的孩子，午后阳光下年轻的面孔上露出几分讶异，老人觉得跨不过去的距离其实在自己的心中，说起历史他习惯了谨言慎微，年轻人的坦荡他始终学不来，不过他愿意讲一些往事，像蜻蜓点水一般地掠过那些岁月。他开口道，一九二几年吧——国民军入甘，接手制造局，那时算得上是全盛时期，工厂规模可非同一般，工人就有上千人，人来人往，有条不紊，热火朝天……那时仿制的有捷克式、三八式的手枪，还有轻重机枪和迫击炮，男孩子喜欢武器，我一有机会，就往工厂跑。

廖余说，那时候，您还小吧？怎能随意出入军工厂？

爷爷笑一笑，道，我们祖孙三代都是制造局的人——我祖父那代住在城南畅家巷，到我父亲就搬到了甘肃举院，制造局搬到哪儿，哪儿就是家。你别看我那时年纪小，我十岁就开始出入工厂，开始帮忙了。那时的孩子懂事早，也不光是我。我记得见过一个比我大不了多少的孩子，是苏联人的翻译。苏联人是国民军请来的顾问，有几位长驻机器局。那做翻译的孩子年纪比我大不了多少，但俄文说得可流利了，长得也文秀，像女孩子似的，我常找他聊天，他对左宗棠收复新疆的事很有兴趣，听我说起我祖父是随左宗棠的大军过来的，便有数不清的问题。我答不上的，就去问家里大人，回头再找他吹牛。他是从蒙古来的，难怪俄文说得那么好，那时的蒙古简直已经是苏联的势力范围了。他说家里没人了，要去新疆找亲友，后来不知去成了没有。兵荒马乱的，一个孩子要一个人应付这样的年月，真不容易。

廖佘手托腮，听得仔细，却没出声，可表情中已经没有了一开始的不以为然，像被什么说服。

爷爷感叹道，打仗，打仗不好啊！我这一世，大半辈子都在纷纷乱乱中过来，还是你们幸运，像这样太太平平的，多好。想去哪儿，就能去哪儿。

廖佘嗯了一声，伸个懒腰，说，一直这样就好了。

爷爷咦了一声，欲言又止。他眯着眼睛，仿佛在审视窗口外射进来的那一缕阳光中漂浮的微尘，或者他迷信，觉得有些愿望不该说破，说破了就不灵验了。

廖余感觉到爷爷微妙的情绪变化，觉得老人累了，于是起身，小心翼翼将座椅推回原位，一面搭讪问，您为什么想看台北兰州街的照片？

爷爷也正站起身来，微微一愣，然后淡淡地说，年轻时候，有个朋友去了台湾，一九四九年前刚到还寄了封信回来，说台北的街道刚改了名，其中有条街叫作兰州街……

后来，廖余才知道，爷爷说的那个朋友是个女孩，两人已经论及婚嫁。但是人家去了台湾，而爷爷一直犹豫，因为家中老人俱在，不宜远行，纠结中迟迟不能下决心成行。起初以为分开是暂时的，但是时光流逝，把一切可能变成无望。爷爷晚婚，婚后再不提往事，但亲戚中总有些传说。廖余却觉得幸亏如此，要不然自己便没有存在的可能了，不是吗？即便如此，他还是觉得惋惜，心中怅惘。

被埋没的故事太多了，廖余了解了一些，却觉得无力挖掘更多。历史重如高山，让人没来由地觉得无力气馁。

河州

小觉清楚记得祖母过世的那个夏天。那是一九九八年。

学校开始放暑假，她从美国东岸飞回香港，飞机落地在九龙城区的启德机场。那是七月初，降落时，机上乘客纷纷望向窗外，看飞机在城市大楼间穿行而过，许多人掏出相机，显得兴奋而且伤感，因为新的机场即将启用，旧机场行将关闭。旧机场在过去其实一直是被诟病的对象，建在高密度楼群间，只有一条跑道的机场甚至被评为全球十大高危机场之一，起飞降落常常让人提心吊胆，安全系数全仰仗机师技艺精湛。不过真到告别时，情感多年积累，让人患得患失难以割舍。

那个夏天多别离。祖母也在那一年辞世。祖母去得很安详，之前也没有身体不适的明显征兆，不过大家却都有某种预感。小觉一回来，她父母便郑重跟她说明，希望她多花点时间陪伴老人。那些热辣而潮湿的下午，小觉其实也不想走到外头去。老公寓的天花板很高，客厅窗帘半掩，老空调镇日开着，发出嗡嗡的蜂鸣，空气中永远有祖母喜欢的栀子花的味道，一切就像她从小熟悉的那些南中国的夏日午后，祖母的世界好像一成未变。

起先，小觉并不知道要与祖母聊什么，不过终于回家的感觉是这样强烈而且美好，让她沉浸其中不愿离开。于是，她拿一本书躺在沙发上，祖母则坐在对面的安乐椅上，腿上盖着毯子，戴着副老花眼镜，像在看报，也像在休息。

不过，祖母开口说话，还是让小觉吃了一惊，明白了父母的叮嘱并非事出无因，老人的灵魂显然已经离开了眼下这静谧的午后，在时光的隧道流连忘返。她对小觉说，你去看看，杜家那个哥哥回来了没有，再不回来，我们就要走了。整个城都被烧了，谁也住不下去了。你告诉他，我不想走，我要等他。

小觉起先没明白，问，什么城镇被烧了。

祖母定定地看着她，像在责怪她的无知，说，八坊被烧了，河州的大火烧了七天七夜，我们家那些漂亮的花格子的雕窗一扇也没剩下，木楼全倒了。原先清一色水灰瓦的屋顶多好看，可眼看着哗啦啦成片地塌下去，一点办法也没有。是国民军——那些当兵的，抢了东西，还烧了房子。他们说杜家哥哥跟着一起造反去了，当兵的这样对老百姓，还不准人造反吗？你快去，快去看看他回来没有，他家的人都没了，他得跟着咱们家走，快去叫他，再不走，就来不及了。

小觉哦了一声，拖过一个沙发墩子，坐到祖母边上，搂一搂她的肩，跟她靠在一起。老人沉浸在自己的回忆里不愿出来，目光执拗地落在屋子的另一头。小觉知道自己的老家在甘肃，是河州人，曾祖母辈就已经离开，但是她不知道其中还有火烧家园这样惨烈的前尘往事。

她摩挲着祖母的手臂，心中充满了同情，可是觉得自己的言辞单薄无力，不知道该如何说出安慰的话。祖母却又开口，语气中有一派神往，道，过节的时候，巷子里家家都在炸油香、摆馓子，那炸油香金黄金黄的，像个满月，掰成两半，可别忘了抹上香甜的蜂蜜；也别忘了还有酿皮，绵绵软软的，用刀切了，拌上蒜汁、香醋、辣椒油，就变得又爽口又醒胃；可惜你也没尝过我们那边的河州包子，牛羊肉和胡萝卜的馅，滚烫蒸出来，也得浇上辣子油，还有醋，一口咬下去呀……老人絮絮叨叨停不下来，那些幼时的口味忽然升华，充满了仪式感，萦绕不去，如蜜般芬芳，要替那长久迷途的魂魄指引方向一般。

小觉从没听过那些食物的名称，不过此时老人说一句，她应一句，特别耐心，同时心中充满了说不清的伤感。这些年总觉得老人的世界静如止水，哪里想到只拉开帷幕一角，稍稍回望，就已经惊心动魄。

那晚，她向父亲询问，父亲倒是知道一些旧事，不过三言两语也就说完了，道，没错，那时冯玉祥的军队驻扎在甘肃，惹来不少民怨，回民汉民日子都不好过，河湟事变就是因此而起——嗯，我说的是第四次河湟事变，那是一九二八年，举事的是个少年。

小觉问，那杜家哥哥呢？

父亲一愣，倒笑了，说，杜家哥哥？你祖母跟你提起杜家了？你祖母幼年跟杜家定了亲。她自己也很中意那门亲事。但是世道混乱，官逼民反，军队铁腕镇压，把他们的河坊一把火烧了。杜家人全死了，只剩下那个杜家哥哥。原本咱们家走的时候要带上杜家那孩子，可是人家硬是跟着造反的部队走了，打着反对国民军的旗号，一去便没了音信。造反的都是些年轻的孩子，领头的跟杜家哥哥差不多大，听说是个人物，很有个人魅力，吸引了许多年轻人追随。总之，你祖母的这门亲事就作罢了。乱世就是这样。到最后，父亲开玩笑说，你看，我们家差点姓了杜。

父亲说完又叹道，这段往事，我是听你祖父说的。你祖母自己从未提过一个字，怎么到这时候却又想起来了。他与小觉四目交流，两人心中突然都有某种预感，可是不敢把话说明，一时默然。

最后，父亲说，往事总是难忘，你祖母年轻时候逃难吃了苦，心里肯定也是受了些折磨，但幸好后来到了香港，还是过了一段太平的日子。人生转折，充满变数，谁想得到。

小觉问，那个杜家哥哥呢？后来，有没有找过他？

父亲摇头说，世界那样大，要如何去找？而且在那样的乱世，人如浮萍，散了便散了，自己做不了主。我们来了香港，也碰到过一两家河州来的老乡，但是没有见过熟人。

小觉晚上做了个梦，独自穿过一座寂静无人的古镇，青石板的街道像刚刚被水洗过，两边白墙青瓦。忽然有个女孩出现，梳着条大辫子，从她身边奔过，口中叫着，杜家哥哥……

街的另一头，有个少年的身影，停下来，回头，露出一个笑脸。小觉抬头，天空清澈，两边出现木楼，造得高大堂皇，屋顶清一色两溜水灰瓦。瓦沟里有一簇簇小草，其中一株顶着朵鲜妍的红花。

祖母在几天后过世，没有痛苦。前一晚一家人还坐在一起吃饭聊天，祖母忽然有说有笑，思路清晰，跟晚辈说了许多人生道理。第二天早上，家人发现她在睡梦中过去了，脸上有笑容，正是寿终正寝。

夏天结束，小觉离开的时候，赤鱲角机场已经启用，新的机场充满未来感，不再有高楼间滑翔的安全顾虑，现代高效，犹如正在展开的一个全新时代。机场人来人往，好像历来如此。

在那一年，她明白了过去就像指缝间流过的空气，不知不觉蜂拥而去，无法挽留。

永登

这些日子要按时从容赴约简直不可能。小米去听音乐会，从中环出发，车经过海隧道，向尖沙咀文化中心音乐厅疾驶而去，一阵急赶，还是迟到了整整两分钟，只好跟朋友在外头看电视屏幕，等第一首曲子结束才能入场。听了两分钟，她们觉得幸好迟到了，对于这首当代作曲家的作品《伦敦市民异常受伤》，她们有理解障碍，如果作曲家要表达的是异常受伤这件事，也许是成功的——小米觉得那音乐无疑在她忙乱无序的生活之上重重戳了一刀，让她所有潜意识中的躁郁都要被勾引出来，无处安放，情绪简直要爆炸。

这时通往音乐厅的门被推开，从里头走出一对外国夫妇，六十多岁，老先生看上去气急败坏，抹着额头，一迭声说，可怕，可怕，直接就要往出口方向走。老太太在后面叫住他，说，亲爱的，等这曲完了再回去吧，该不是真的就要走了？

老先生犹豫了一下，走了几步回转来，原地打个圈，在小米旁边重重坐下，道，真是受不了！

老太太也坐下，抱歉地笑一笑，抬头看一眼正转播演奏的屏幕，不由也露出一丝后怕的神色。小米看到了，便无心无肺地笑了起来，然后才觉得忒没礼貌。但老先生不介意，反而因此同她搭讪找共鸣，一致得出结论，觉得耳边的音乐难以理解。两位老人从纽约来，不想第一天到香港听场音乐会，就受到了惊吓，老先生说，这世界真是日新月异。

小米客套寒暄问他们，来香港游玩？

老太太说，不是的，我们只是经过香港，为了要去中国内地，去一个叫作永登的地方。

小米听了很迷糊，问，那是哪一处？有什么名胜风景？

老太太且不回答，瞅着老先生，脸上有种怂恿和无奈混合的表情，那是要老先生开口，于是老先生说，永登在甘肃省，现在有个玫瑰节。他咬文嚼字说那省的名称，可音调错了，很不易听清。老太太补充说，那旁边就是大城市兰州。

小米喔了一声，还没来得及再提问，《伦敦市民异常受伤》便戛然而止，于是他们赶紧匆忙入场。接下来是华尔顿的小提琴协奏曲，大多数观众是冲着独奏的小提琴家来的。风格迥异的音乐，出现在同一个晚上，对大多数人来说，都需要调节心情才能适应。

中场休息时，小米蓄意东张西望，没费太大力气便又找到了那对老夫妇。他们靠着二楼大堂的栏杆正看下边大堂的人流风景，老先生看上去有些百无聊赖，见到小米和她的朋友显然很开心，朝她们大力挥手。小米过去打招呼，对刚才的协奏曲交换了意见，然后便说起永登。小米还是好奇，他们为什么千里迢迢远赴永登？对于小米来说，那地方实在是过分偏远。

老太太拍拍老先生的手臂，鼓励他说下去。老先生有些得意，说，我父亲是在永登出生的。

小米她们喔了一声，大表意外。老先生嗯了一声，表情显得有些戚然，接着说，我的祖父是传教士，我父亲一九二九年出生，当时我祖父正在永登传教。我父亲快两岁的时候，跟我祖母回美国探亲，多住了一些时候，不幸我祖父在永登染疫，没有治愈，而我的祖母也没有再回去——永远失之交臂了啊。

小米啊呀了一声，一时不知道说什么好。老先生继续道，如今我祖母也已故去，她在世的时候说起过永登的生活。他们刚开始先到兰州，对一切都觉得非常新奇，那重重大山之后的城市竟然就像在开罗和大马士革一样，热闹繁华，人群流动，从不同的地方来，到不同的地方去，印度人、土耳其人、俄国人，以及藏人、回民、蒙古人、汉人，说着各种语言——你能想象吗？那里居然有相当繁华的集市，用现在的话讲就是非常国际化，市面上有美国香烟、西藏酥油、印度棉布，街上居然还看得到奔驰汽车……后来他们先在永登传教，接着开办学校，同时替人治病，在兰州城外住下来，那安静的小城开满了玫瑰。

小米恍然大悟，说，所以你们特意要去永登的玫瑰节看一看。

老先生和老太太同时点头，相视而望，充满了默契。老先生说，是的，我父亲后来没有再回过永登，去年过世，弥留之际，突然想起出生地，说一点印象也无，甚是遗憾，所以，我们替他跑一趟。

小米的朋友插嘴道，我很佩服你的祖父，在当地传教恐怕不太容易吧？不过治病和办学，应该是当地最需要的，他愿意长期留下来，没有奉献的精神是办不到的。

老先生有些感慨，说，是的，我无法想象他遇到过的困难，但他也是尽力而为吧。他乐意教那里的孩子。有些孩子因为受了教育，接着出外继续求学，在政府的机关谋一个职位，在那时应当算是成功改变了自己的人生。对了，我祖父也遇见过资质相当好的孩子。一九三〇年左右，他写给我祖母的最后几封信中，反复提到一位天才少女，客居永登，以惊人的速度学会英文，她显然还会别的语言，而且学起任何一种新的语言都不费吹灰之力，非常神奇。更有趣的是，他说她穿着男孩子的衣服，不知什么缘故要把自己女孩儿的身份掩藏起来。总之，祖父把一切看在眼里，猜到她有难言之隐，所以愿意给她庇护，而且相当得意，自己能够帮她在短短时间内完全掌握了英文这门语言，这会是她今后人生道路上有用的工具。说到"掌握"，这样的用词一点也不夸张，祖父说她若要与英国人用英文讨论莎士比亚应该也不会怯场失礼。难得的人才，神奇的际遇，这大概是那个年月的魅力。

小米跟她朋友听得出神，觉得像天方夜谭，待要再问，下半场音乐会催促的铃声已经到了最后一遍，他们只好再次别过，匆匆入场。

结束时候，小米没再见到那对老夫妇。

人流拥出音乐厅，外头正是一个热闹的香港之夜，与每个夜晚没什么两样，华灯连绵，车如流水，马如龙。

回家途中，她忍不住掏出手机，立马在网上搜索了一下，原来永登的玫瑰有一个特别的名字，叫作苦水玫瑰。

她坐在车里，一座座灯火通明的高楼在窗外后退，仿佛上演着一部永无止境的长剧——多少事湮没在历史中。她无端惆怅，忽然想问自己，如今镇日这般匆忙，为的是什么？

她想起才听的那首曲子的名字《伦敦市民异常受伤》，不禁笑了，像要嘲讽什么，却又觉得自己没有这个资格，只是觉得这曲子绝对有存在的必要。

北平

那是一九九九年的感恩节，对年份记得那么清楚是因为再过一个多月就是千禧，将是一个新的世纪。小焰去新泽西州朋友家过节，这一家亲戚多，大姑、二姑、小姑都住在同一条街上，一排三座房子，很有气势。餐桌上更壮观，两只十磅的火鸡一起上桌。吃完大餐，成年人去大姑家打牌，年轻人留在小姑家，在地下室改装的影院看电影。小焰犯胃气，独个儿躺在起居室沙发上养神。起居室与厨房相连，只隔了半人高的一道影墙，刚好遮住沙发。

小焰躺了一会儿，听到有人走去厨房，她正想回避，那边两人已经隔墙在厨房小桌子前坐下，留盏小灯，开始聊天——原来是刚才餐桌上两位辈分最高的老人，年轻人朗朗上口地管她们叫芳龄姑婆和芳辰姑婆，两人是堂姐妹。她们已经开口，相谈甚欢，小焰错过了现身的时机，不好意思坐起来打扰。

两位老人有一搭没一搭地说着话，道，难得这里安静，孩子们都在楼下，我们正好喝杯茶，姜茶好，天冷了正好暖胃。

另一位说，这一年就要过完了，过完了就是新世纪。我们那么老了？我们这是几岁了？

八十六吧。我们都八十六了。

小焰听了想笑，她自己正年轻，觉得那岁数真是老得吓人。

小龄，我们是一九三〇年乘船来美国的，是不是？提问的是芳辰姑婆。

可不是。那时候我们先去北平待了几个月，你还记得我们为什么去北平吗？我一点也想不起来了。芳龄说。

那时北平没什么意思，正从民国首都变成故都，气氛怪消沉的不是？芳辰道。

芳龄回答，哪儿话？我觉得北平好。

有茶杯拿起放下的声音，芳辰姑婆忽然用开玩笑的口气道，我知道，你当然觉得北平好。因为北平有那个人嘛！

芳龄姑婆却撇清说，什么人？我们在北平什么人也不认识。

难道还要我提醒？我不信你忘得一干二净，就是那个少年军官啊，哎呀，这些军官都是从哪儿来的？我看要不是东北的军阀，就是西北来的吧？年轻真占便宜——“五陵年少金市东，银鞍白马度春风。”芳辰调侃道。

他是西北来的。不是东北人。芳龄突然道。

芳辰停一停，奇道，咦，你还真的清楚？记得我们住在东方饭店，东方饭店真好，那个时候每个房间就有电话了。前台打电话到我们房间，说送错了东西，让人来取回去。后来我们在前台碰到那个军官，东西是他的，他来告了个歉，一并道谢。要我说，让人不动心也难，那真是一派谦谦君子风度。我没说错，就是他吧？他们说他是师长？可人真是年轻，长得也很好，你不是也说看上去比那东北来的少帅强多了，后来还一直津津乐道，让天津来看我们的几个表姊妹好一阵取笑，说要找人做媒去，才不敢提了。他真是西北来的？记得上一年北平满城都是东北来的军官，都说是因为蒋介石跟张学良在北平为中东铁路的事商议来着……我居然还记得这些，记性还算好吧？

芳龄说，对，就是那时，在东北，我们跟苏联打了一战，败了。真是气闷。

沉默了一会儿，芳龄却又开口道，其实，后来，我在王府井大街碰到过他。

啊？谁？

还有谁？就是那个西北来的军官——就在那家西服店，叫作新记行的？我不是去拿做好的旗袍吗？他也在那里，要帮他弟弟做件大衣。刚在饭店前台见过了，算认识了，我帮他挑了款式。然后，他请我吃饭表示谢意。

吃饭？你怎么从来没有跟我提起过？去哪儿吃的饭？芳辰声音高了几度，口气有点酸溜溜的。

在西来顺吃清真菜。芳龄说得不紧不慢，道，记得那里一进门是个长条院子，两边厢房隔成了雅座，铅铁罩棚底下，摆了一排烤肉炙子，烤肉的香味老远就闻得到。

谁问你这个？芳辰姑婆嗔怪道，你们聊了什么？

说过什么，哪里还记得。芳龄想了一会儿，才又悠然道，他说他弟弟要留在军官教习团里，他担心他冬衣不够，问我他定做的那衣服够不够暖。

哦。芳辰说，就这样？

芳龄却笑了，道，你想说什么？我们那时候，在等船期。他，早就有了心上人了，要不然……

要不然你就跟了他去了？

这倒也——不会罢。芳龄姑婆淡淡的口气中带着点遗憾，说，他问我多大，然后说他认识一个女孩子跟我差不多岁数，一个人在外头，不知到了哪里，兵荒马乱的，实在叫人担心。那时，每个人都有那么多揪心的事，东北西北都不安宁，但他迟早是要回西北去的。他说到西北的时候，眼里就有特别的光彩……看了真叫人心动。

小焰听到这里，心中也微微地荡漾了一下，只想接着将故事听下去。

可这时，有人嚷嚷着来找小焰，一路大声问着胃还痛不痛。

小焰只好现形，从沙发上坐起来，觉得相当尴尬。两位姑婆有些意外，却相视而笑，并不介意，那些往事说说罢了，谁听到也无所谓。不过，她们同时问小焰，胃疼？要不要一杯姜茶？

后来，就进入了二〇〇〇年。

进入了一个新的世纪，日子平静如水。

哈密

深夜里从公寓高层的窗户往外俯瞰这座南方的繁华城市，在夜的寂静里，万家灯火格外澄明。她看一看手机，微博上的各种群聊却没有因为夜而沉寂。有大把夜猫子在，有的在不同的时区，新的信息总是接连不断地在屏幕涌现，群聊热烈，或者干脆自说自话。因为各种各样的原因加入了这样那样的群，但是对于每天蜂拥而至的信息，她逐渐失去逐条跟进的热情。不过因而产生错觉，觉得自己与这个世界如此亲昵贴近，却也没有什么坏处。

夜深全无睡意，她点开微信的界面，看到沉寂已久的初中同学群有了动静。这会儿，深夜里开口的是一个男同学，以前念书时两人从没有真正交流过，但名字和长相却都还清晰地留在印象里。他贴了一张星空图，满天繁星像美好生活的广告。她望一望窗外风景，灯火也算得上璀璨，但天空中却见不到几粒星。于是她忍不住在群里回信，道，哪里的星空这样好。

那边也还没有歇息，回答道，哈密的星空。

她多问一句，你在新疆？旅行吗？

男同学却说，旅行，顺便找找上一辈的足迹。

她好奇心起来，接着问道，你们家是新疆人？

男同学道，倒不是。我们是天津人，以前祖上在新疆做过生意，直到一九三〇年代还在那边设有商号。

那这趟旅行可有收获？

男同学却说，只是观光之旅而已。

什么时候回来？

快了。他这样说。

说到这儿，冷不丁有别的同学发言，说，快回来吧，回来了，我们开同学会。

隔了几个月，微信群里果然发起同学会，大家终于面对面聚在一起。她见到那个男同学，想起那天晚上他发的哈密星空图，便问，哈密好玩吗？他笑一笑，说，你还记得?

星空真美。她颇为神往。

他点点头。她随口问，你们还有家人在新疆?

他说，当然没有了。我爷爷小时候那会儿，整家人就已经搬回来了。那时候时局乱，生意早就做不下去了，要不是因为要等一个人，我们家在那边商号也不会拖到一九三〇年代才结业。

她好奇地问，谁等谁? 这中间有故事?

他没有想到她会有兴趣追问，瞧了她一眼，说，没什么特别精彩的故事，都是些家里老人嗑牙说的家长里短，你真想听?

她点头，于是他便讲道：

我爷爷是出生后从新疆回到天津的，他的父亲在当时新疆的津帮生意人中很出名——我曾祖父在左宗棠平定新疆的时候，随军一路西进做生意，这才挣下了一份大家业，后来当然是荣归故里，又回到天津。我爷爷从小就知道家里在哈密还留了间铺子一直没关，说是要等一位故友。这一等，我爷爷一晃就十来岁了，哈密突然来信，说有个女孩子找上门来，带的信物丝毫不差。我曾祖父立刻回信叫那边设法把女孩子赶紧接到天津来。谁知道哈密战事突起，那边再无音信，女孩子竟似也失了踪迹。有意思的是，几年之后，却有个女孩子自行寻到我们在天津的家里，自称就是先前哈密的那一位。曾祖父跟她聊了一个多时辰，留她住下来。你猜怎么样，我爷爷爱上了她。但是，结果呢——自然没有结果。据说那个女孩子在一个风雨交加的晚上不辞而别，故事就画上了句号。姑婆婆喜欢说这件事，顺便取笑我爷爷，我爷爷只是好脾气地笑笑，从来不说什么。

老同学来催他们入席吃饭，同时打量他们，调侃道，以前不知道你们那么讲得来？

他们四目相视，他的耳朵慢慢红起来。大家在餐桌旁坐下，她的位子就在他身边，满座宣扬的热闹之中，她凑近他耳边，轻轻问，你说，那时，在哈密发生了什么事？

你不问在天津发生了什么？

她想一想，笃定地说，一定是哈密发生的事才重要。你难道不也这么觉得？

他犹豫一下，点点头。耳朵愈发红了，却说，什么都比不上眼下的事重要。

她一怔，然后微笑。离中学毕业刚刚好五年。时光似水。

酒泉

同学叫依敏一起去吃新疆菜，名为巴依的餐馆就在香港大学边上。几个年轻人一上来点的都是羊菜，羊肉饺子、手抓羊肉、羊串烧，然后才看别的菜式，又叫了新疆老虎菜、凉拌豆腐、炒土豆丝、大盘鸡，源源不断端上来，果然都是西北风味。因为人多，一时又嚷嚷着不够，要再加菜，煞是热闹。

同学指着墙上的一幅大地图说，依敏，你去看看，你的家在不在那上头。依敏抬头，果然迎面墙上有一幅色彩斑斓的手绘西域地图，从黄河流域几字形的弯道开始，往西经新疆、中亚，延伸到红海和地中海。红线标着丝路所经之处，彩笔描绘着路上值得勾勒的风物，小字标示着沿途城市的名字。有同学一跃而起，去墙边细看，然后指着地图，回头报告说，有，依敏的家在上头，那不是酒泉？

原来伊敏是酒泉人。别的同学这样说，告诉我们酒泉有没有好玩的地方。

依敏眯眼远远打量，想一想，却说，酒泉不是旅游胜地，不过嘉峪关、敦煌都不远，就在边上。

酒泉不是有航天发射基地？同学提醒她。

伊敏笑答，航天发射中心虽然以酒泉命名，但实际上在内蒙古的额济纳旗，还有二百多公里，有些远。不过，近一些倒有座核城，以前是核武器研究基地，现在整座城退役了，变成驴友探秘的目的地。那座城代号404，任何地图上都没有标识。

大家于是都回头瞟一眼那大地图，图上每个地名都掷地有声，不过一路上没法标识的地方和历史恐怕更是多不胜数。有个戴眼镜的男生说，谁在看美剧？那本《曼哈顿》讲的不就是美国代号“曼哈顿”的原子弹研究计划，人家一样在西部鸟不生蛋的地方建了基地，也是座隔绝人世的小城……

非常时期非常手段嘛！有人老气横秋地说，同学们点头表达共识。他们都还年轻，觉得人生中间有许多可以商榷之处，反正他们愿意相信这世上希望多过失望，所以任何事最好是不要走到非常的地步。

给我们讲讲酒泉的事？同学们重新开始埋头大吃，一面要求伊敏，说，你看，这里只有你住在那地图上。

伊敏微微笑一笑，说，我爷爷已经一百岁。他一辈子住在酒泉。

哇。同学们感叹又有一位百岁老人，却也不甚惊讶，只催促伊敏讲故事，说，一面吃新疆菜，一面听西北的故事，最合适不过。

伊敏却有些尴尬，说，讲什么？爷爷以前的事我哪里知道那么多？

同学却不依，起哄道，不应该，伊敏念历史，却不研究家里百岁老人的历史，要好好检讨，非得讲点什么才行。

伊敏无奈，低头沉思，吃了几枚羊肉饺子之后，抬头，开口道，爷爷说，他念到中学的时候，城里来了许多年轻人，是一支新编的政府部队，司令只比我爷爷大了四岁。

你爷爷那时几岁？

伊敏说，肯定是二十岁不到，比我们小得多。军队在那里不过待了一年多就走了，我爷爷差点跟着他们走，我爷爷的爷爷硬是把他锁在房子里，没让他走成。那时正逢关东军制造“九一八”事变，东北沦陷。青年满腔热血，都想从军，但是爷爷的爷爷不许，跟他说，东也打仗，西也打仗，你当兵，想去打鬼子，但一声令下来，你知道自己要跟谁迎面交锋？如若对面是自己人怎么办？这军队去的是哪里，你有没有搞清楚？

爷爷大概是没有搞清楚。伊敏自言自语笑一笑，然后举重若轻地接着说，那时候爷爷应该只是对军队那帮年轻人很着迷，尤其是那年轻的司令，他的手下也都一般年轻，都对他崇拜得五体投地。爷爷还常常找他们一起打篮球。都是年轻人嘛！那司令也愿意与学生接触，军队也成立了年轻军官教习团，招募有抱负的青年学生，听说当时北平都有学生慕名而来要加入那队伍中去。年轻人在一起畅所欲言，说什么自己就相信了，一切格外美好，人人热血沸腾……俨然就是一个乌托邦。伊敏沉吟一下，别人还等着她说下去，她却摊开手，说，没有了，就知道这么多。

餐桌上每个人似乎都忘了动筷，全都看着她。伊敏用筷子敲敲碟边，说，醒醒，醒醒，都是故事罢了……可是众望所归之中，她低头略微沉思，只好接着补充道，事实上，我也大致接触过那段时期的历史。当时，西北社会动荡，加上旱灾侵袭，本地经济面临枯竭，可吸大烟的人却到处都是，整个社会让人绝望。但是留在我爷爷记忆里的却是那个时候心中产生过的那些希望，光芒四射，至今还照耀着他的人生。他说过那年轻司令的许多轶事，我也记不清了，只记得爷爷说话的口气还是满腔热情，仿佛全心崇拜着自己的少年偶像。

那年轻司令是谁？

伊敏摇头，说，我没有细问。也许爷爷说过那名字，我却没有记住。

同学们还不肯放弃，执着再问，他们是哪一支部队？哪个派系的？你爷爷不是在酒泉？赶紧打电话去问个清楚。

伊敏一怔，说，只有下次回去问爷爷了。他耳朵不好，打电话不方便。等假期回去，再问一问吧。

戴眼镜的男同学假装叹道，亏你是念历史的，怎么连这也没有搞清楚？

伊敏辩解道，多少历史湮没了，能怪研究历史的人吗？有些历史注定是要被埋葬的。

眼镜同学摇头，说，太不敬业。连念历史的也这样说，看来有些历史真相真的是不可知了。

有人说，若是个人物，在历史上总还该有名有姓吧，要查总查得到……

另一人却还是用起先那老气横秋的口气说，过那么久了，追根究底有什么意义。那些年轻人早就不年轻，尘归尘，土归土，理想与希望早就烟消云散了。

再有一人道，别这么扫兴，你仗着年轻说这样的话，到最后谁还不是殊途同归，何苦五十步笑百步？对不对，伊敏？

伊敏耸耸肩。同学们都笑了，说过的话并没有放在心上。有人叫了冰啤酒，几大杯端上来被一抢而空。看来，故事只能这样点到为止。只是还有人追问，酒泉到底是怎样的一个城市？

伊敏支着下巴，出神看着墙上的地图，道，很普通。真的，普通极了。看来，那些不平凡的，来了，又去了，都没留下来。

这句话，后来大家一致觉得是那天的经典之言。

至于酒泉这个名字，伊敏还是讲了个典故。原来是汉武帝时候，霍去病击败匈奴，武帝赠酒犒赏，酒少人多，霍去病倾酒于泉中，众乐之，而酒泉也因此得名。霍去病初次征战，年方十八——这让大家又想起伊敏爷爷故事中的那位少年司令。

有人突然一拍桌子，恍然大悟般说，估计最后他是兵败了吧，历史不都是这样的？胜者为王，才会天下留名。

伊敏想一想，最后说，但是至少还是有人对那段历史念念不忘，留不留名，有什么重要，人去了，就去了。

伊敏，你这话听得叫人伤感。同学抱怨，原本来吃新疆菜，是想畅怀地开心一下。

研究历史的人，有的时候难免触景生情感怀身世。她这样说，然后开玩笑道，跟学历史的人交朋友，还满心好奇想要听故事，就要提防着情绪会被左右。

她一面说，一面看那墙上的地图，觉得颜色是这样鲜艳夺目。她念着一个个地名——酒泉过去，就是嘉峪关，而出关不远，就是新疆了。

莫斯科

他念工程，大学四年级时，有个女朋友，是俄罗斯人，低他一级。他们的学校在纽约下城，她不住学校宿舍，每天花很多时间坐地铁往返布鲁克林的家。许多人这么做，因为比起住宿舍，这样经济得多。他们互相吸引，感觉彼此相爱。偶尔想到未来，他却有无法把握的感觉，模糊觉得她不会与他一直走到遥远未来的那一端——那念头一闪而过，就灭了，感情才刚开始，谁愿意多想那些不快的可能呢。

大学三年级是功课最繁重的一年，她还兼职替银行写程序，的确是够拼的。有时周末，他们约好在她家见面，她却迟迟不出现，他知道她兼职的工作常常出现意外状况，需要加班，所以也不介意。她家是一幢两层带地下室的小楼，在布鲁克林不好不坏的地段。在那里，这样的小楼一幢挨着一幢，缺乏个性；她跟自己保证过，等有了能力就搬到曼哈顿去，她觉得自己不属于这里。

她的父母通常不在家，大概是因为从事服务性行业，因此周末反而休息不了。长年在家的是她的祖父，老人会替他开门。多数时候他们各管各的，偶尔也聊几句，甚至下棋。有一次，他等得不耐烦起来，听到老人在屋子某处走动搬东西的声音，就走过去看。老人正从地下室出来，抱着一只大盒子，脚一滑，东西撒了一地，都是些老照片。他连忙帮着收拾，一面看，一面觉得好奇，问，这是在俄罗斯？

是莫斯科，都是六七十年前的照片了。老人这么说，然后拣起一张，端详着出了神。他凑过去看，那是一个年轻的苏联小伙子与几个东方人的合照，手挽手，站在一座巍峨的典型苏式风格的大楼前——人比物小。老人指着中间的年轻人，说，那是我。

他咦了一声，指指他旁边的东方人，问，他们是中国人？那个时候，莫斯科有中国人？

怎么没有？老人看他一眼，好像责怪他的无知，说，那时候莫斯科吸引了很多中国年轻人去留学。

哦。他对那段历史不熟悉，也不感兴趣，敷衍道，你们是同学？

老人看着照片，许久不说话，沉默过久简直开始让人觉得有些尴尬，他以为老人想一个人独处，正要走开，老人却开口道，是同学没错，但我也负责监视他们。

他愕然。老人把四散在地上的照片一股脑儿放回到盒子里，抱起盒子，穿过走廊，放在厨房的料理台上。然后泡了一壶茶，让他坐下来，将茶杯注满，在茶里加了一大勺啫喱状的果酱，又顺手取过酒瓶，浇了一大口伏特加，说，喝茶，喝了我给你讲个故事。

他怀疑自己并不真的感兴趣，但一口茶和着酒喝下去，人就醺醺然的，恍然可以翩然飘入任何一段历史——看来，在那个下午，大家都有点寂寞，正好回溯往事慰寂寥。他听老人道：

提起这些做秘密警察的过去，不是我觉得多自豪，只不过那是事实，甩也甩不掉。我在念书的时候，帮内务部做过事，内务部就是后来的克格勃——你别觉得惊讶，监视及被监视，在当时是很普通的事。当然，我不赞成那样的政治空气，非常反感，后来才离开了自己的国家……不像你想的那样，那些中国学生大多没有特别的问题，所谓监视，不过是打个报告走走形式。说是同志，却不信任，那个时候就是这样。在离开苏联前的一段日子，我负责监视的是一个中国女学生，她在普列汉诺夫国民经济学院念书，注册用的名字却是个蒙古名字。

老人眯着眼睛回忆，道，在学校，有个中国男学生跟她走得很近，同进同出，他们都说两人是情侣，但我看到过另外一个中国男子来学校找她，知道那两个人才是一对。我不知道上头为什么要特别调查她，实在没有道理，三个人看上去都过分年轻，不像能有多么复杂的背景。不过三个人的感情倒是有些复杂，两个男孩子都喜欢她，她却只喜欢一个——喜欢她的那个，另一位也没有妒意，相反有种全心全意发自内心的崇拜，实在有些古怪。不过这种无关紧要的感情纠葛，我当然没有向上面报告过。我本来就对这种偷窥别人隐私的工作没有热情，但觉得他们之间的纠葛倒还有趣。三个人都有些傲气，但这种类似天之骄子的心态要生对时代和地方才行。我不是没有见过那种上升太高太快，最后自云端坠落的惨剧。那是个危险的年代，特别派人监视她，总有些缘由吧，一定是惹了什么麻烦。我不想替她再制造额外的不便，而且我实在也没见到可疑的事迹，总之，最后我的报告乏善可陈。

他以为还有下文，老人不再开口，往茶里倒了几乎半杯伏特加，饮茶如同借酒消愁，过了半天他忍不住好奇，只好追问，后来呢。

老人摇头说，后来我就不知道了，因为那份工作很快就终止了。我记得很清楚，最后一次见到她是在丽世酒店。我尾随她到了那家酒店——那是外国共产国际成员在莫斯科滞留居住的地方，住客成分复杂，大部分是当时内务部重点调查的对象，没有特别证件不能出入。她却长驱直入，让我相当惊讶。我进不去，不过在门口碰到了一个内务部的同事，他知道我在盯她，表情古怪，打了几个电话，然后出来让我以后不用再管这女孩的事了。内务部当时很复杂，其中有不同派系，我本来对这种偷偷摸摸的工作就不感兴趣，虽然不知道这命令是从哪里下来的，当然没有追究的兴趣或者胆子，乐得有个理由丢开手去……之后很长一段时间我没有新的工作，到一九三七年初左右，我们家找机会离开了苏联，经过欧洲，辗转到了这里。幸好离开，苏联那两年经历大清洗，很多人因此丧失自由，甚至失去生命，年老的，年轻的，被卷进去，就是无尽的折磨……

老人说到这里，传来开门的声响，是女孩回来了。于是，谈话随之结束，老人起身，慢慢地走回自己的房间去。他目送老人的背影消失在厨房的门后，那里光线比较暗，淡淡的阴影始终是屋子的一部分，他下意识听着老人的脚步声慢慢淡出。

后来他一直没有机会再与老人交谈，再后来，他们毕业，感情维持了两三年，他还是与那个女孩分手了——果然印证了他最初的预感。他过了一年才自那创伤中恢复过来，但别人始终没有觉察，以为他们好聚好散。

多年之后，有时他想起那女孩的祖父说的故事，有些恍惚。那么多时日之后，当时与女友说过的话，多半记不得了，这个故事却还记得清清楚楚，真是让人惶惑。

柏林

朵朵陪侄女参加生日会，在小女孩同学家，那家人从美国外派到香港，算是客居异地。生日会就在他们家的院子里，公司提供的宿舍在一片青葱翠绿中面朝南中国海。

小朋友们在院子里看魔术表演，朵朵微觉凉意，便退回客厅。她姐姐姐夫周末都出差，所以央她带侄女出席活动，倒是小侄女忙着自己的节目反而没空理她了。她闲闲拿起沙发茶几上的杂志看了一会儿，注意力被靠墙桌案上的装饰物吸引——那是一块残破的砖，上头有色彩强烈的涂料，还有字母，也残缺了一半。女主人替她拿了杯水进来，见她正对着那砖块细细端详，便说，那是柏林墙上的砖，是家里长辈送的礼物。

朵朵这才恍然大悟，说，好特别的礼物。

女主人是朵朵姐姐的朋友，知道朵朵同别的家长不熟，所以特别过来陪她聊会儿天。这时她也瞧着那块砖，笑一笑，说，可不是。我小时候在东柏林长大，去美国是柏林墙倒了以后的事。

朵朵历史知识有限，虽然知道那堵墙曾经存在的事实，但对细节和时间轴只有相当模糊的了解，所以不好意思地问，那是什么时候？

女主人说，一九八九年。那年年底，东德政府宣布允许公民申请去西德和西柏林，柏林墙上的砖就开始被一块块敲下来了，直到政府正式宣布将整堵墙推倒。

朵朵啊了一声，隔着玻璃窗看屋外小孩童欢声笑语，突然觉得适才语气平淡的话颇有惊心动魄之势，于是长出一口气，感叹道，一九八九？也并不是那么久之前的事。

可不是？女主人点头说，许多人收藏柏林墙砖，时间过得那么快，过去的事慢慢地就被遗忘了。墙倒了，留块砖，也算是提醒……她停下来，想一想，似乎回忆触动了什么，可开口还是云淡风轻地，笑一笑，道，这样的墙再要不得了。

朵朵伸出手指，在那砖的表面划过，触感粗糙。她问，那这砖是特别去柏林找来的吗？

女主人笑着点头道，是我先生的祖父，他的确特别去了趟柏林，就在一九九〇年，带着我先生，作了一次祖孙的暑期旅行。我先生还顺便写功课，完成了一份关于战争的报告——那时他是高中生，我们可还不认识呢。祖父其实是故地重游，他在“二战”之前就去过柏林。

嗯？朵朵好奇，他是美国人？那时去趟欧洲也挺费周折吧？

女主人笑了，说，的确，那时候出门旅行不像现在那么方便。他年轻时候在福特公司工作，福特在科隆设工厂，他作为工程师助理去了大半年，也在柏林住了两个月……她停一停，说，福特公司在“二战”期间与纳粹的关系曾经被调查，他因为那段经历也曾被征求意见。对老人家来说，不是愉快的经验，有些一辈子以为天经地义的认知被颠覆，心理上很难承受。历史总是太沉重复杂。当年，他在欧洲，纳粹还没有上台，西方既怕纳粹，又怕共产主义，一切发生之前，普通人如何会知道要恰当地规避那些敏感的界线？

说到这里，外头的小女生在门口使劲挥手找自己母亲，女主人说声不好意思，便匆匆赶了出去，临走，从旁边架子上顺手取过厚厚一本相册，说，你先看看。

朵朵翻开相册，原来都是些家族老照片，记录着典型的美国家庭生活：从战前开始，照片留下了许多世俗的欢愉——婴儿出生、受洗，经历童年、少年，然后成人，开始工作。有几张照片摄于工厂，身后看得清组装中的汽车——那大概就是福特发明的著名的流水生产线了；有几张看上去应该是在欧洲拍摄的，不过朵朵分不清是哪个城市，也许是柏林，或者是科隆。其中一张的背景是一列厂房，窗户巨大的墙面毫无修饰，倒挺具备现代感。这时女主人又回转来，朵朵便问，这难道是在科隆的福特厂房?

女主人看一眼，哦一声，说，不，这是在柏林，那原本是座电话工厂，那时候已经变成包豪斯学校。

朵朵颇为惊奇，问，就是倡导了现代建筑风格的包豪斯流派?

女主人笑着说，没错。就是这个包豪斯。你看这厂房不正演示了他们的建筑理念——线条简单，凸显功能最为重要。他们之前的校址在德绍，被纳粹关闭了，就搬到了柏林，不过后来纳粹上台，他们在新址的学校也就结束了。罗伯特，就是我们祖父，那时认识几个学生，来往密切，他去旁听过他们的课，也参加集会，那是个左派学校，带理想主义的观点很容易吸引年轻人……只是到了后来，出现冷战的局面是这些年轻人当初没有想到的吧，罗伯特这样跟我说过。

朵朵吐吐舌头，说，我不懂政治，但看样子，这主义，那主义，都不好把握，一不小心就付出挺大代价。

女主人看看她，又看看外头的孩子，道，罗伯特还提起过，有一次，他去包豪斯学生的集会，遇见一个中国女学生，他想当然以为她跟他们一样是激进分子，要与她理论革命，但她却推托说不懂政治。罗伯特对她印象深刻是因为她说一口流利的英文，当时，她指指人群中另外一个中国人，说是陪他来的。罗伯特以为他们是情侣，她说不是，开玩笑指着那些学生道，他们的情侣是他们的理想——自始至终能相信自己相信的，一路走下去，对自己来说倒是种幸福。后来罗伯特回想，觉得她说得很对，之后的那个世界，人们的信仰接二连三被无情地打破，难怪想要幸福是这么不容易……

哦。朵朵听得荡气回肠，女主人却有些意兴阑珊，道，扯远了。看我说到哪里去了——快要切蛋糕了，咱们出去吧？

朵朵一面跟她走，一面问，罗伯特呢？现在美国？

女主人脚步一滞，没有转身，轻声道，前年过世了。

朵朵来不及说抱歉，蛋糕正在那刻被托着出现在庭院里，引来一阵欢呼，这个下午瞬间快乐起来。朵朵微笑着看着眼前的欢乐，突然想到“逝者已逝”这词语，诧异自己怎么突然变得这般哲学起来。

天津

香港的学校假期多，才过完圣诞，孩子们已经开始讨论中国新年假会在哪里过。唐米说他们家要去天津，去见家里的两位老人——祖父那辈只有一位姑婆和一位叔公还健在，是他爷爷的弟弟和妹妹，早年也都留过洋，在一九五〇年代初回到中国。这些年小辈总是天南海北聚不成，自从有微信，亲戚间建立了一个家族群，不知谁提议要家族聚会，结果大家都响应起来，居然真的聚成了。唐米的父母对这次假期比唐米还要兴奋，像少年一样整天划着手机，与群中亲戚说个没完，其实有几位连他们也没见过。

这是唐米第一次去天津。他的爷爷后来一直住在江西南昌直到过世，而他自己在美国出生，随父母工作搬到香港念国际学校，转眼高中，正要申请美国的大学独自回出生地，而天津这个名义上的故乡一直与他生疏。

亲戚太多，谁家也没有魄力承办年夜饭，结果大年夜宴席订在庆王府。那是清朝最后一代总管太监小德张离开宫廷时在意租界建的寓所，清帝逊位后，便转手卖给庆亲王载振，旧日王公从此躲在租界当寓公。如今王府变成餐厅。唐米听着他们议论历史年鉴，不太明白其中的背景和逻辑，心中却有些失望，他本来以为可以过一个传统年，如同美国人过感恩节烤火鸡，他指望在某位亲戚家见识中国传统厨艺——他听南方出生的母亲讲过打年糕的有趣场面，以为有机会可以尝试。但他那些叫不出名字的堂表兄弟姊妹全都异口同声说，现在大城市里哪里还有自己煮年夜饭的？同时，他们都觉得念国际学校的他，中文说得太过生硬，简直就是个外国人。他的中文不是最差的，住在澳大利亚和英国的两位表兄妹根本说不出一个完整的句子。

姑婆和叔公坐在一起，他们性格随和，看着儿孙辈聚满一堂，更是高兴，听到年轻人说年夜饭的事，姑婆便点头说，是的，很可惜，传统并不都能传下来。但是，我们家又能聚在一起，真是好。这几十年来，是第一次。我大哥下放去江西之后，我们家就没有这样聚过了。

她的话勾起唐米父母那一辈的少年往事，不免唏嘘，但这借来过节的旧庆王府被装饰得华丽辉煌，让人伤感不起来，所有人都笑嘻嘻的，忙着举杯，叙旧，吃菜。唐米坐在两老旁边，姑婆问他，没来过天津吧？叫你表哥他们带你到处走走。天津的老城，以前的租界，逛的地方多着呢。

他想一想，便问，天津不是在海边？有地方看海吗？

坐在他边上的表哥咳一声，不屑道，冬天看什么海？而且天津哪里算得上真正的海滨城市，天然海岸都是泥岸，我不觉得有可以好好看海的地方。

姑婆听了，侧过身子，看了看表哥，似乎想到什么，而且努力回忆，但开口时候却是朝着叔公说，你听听，他们小孩子觉得天津没有海可以看，有人可不这样想，你记得我说的是谁？

唐米也看叔公，叔公不说话，笑嘻嘻地看着桌子另一边，像听着别的话题，出了神。但是不知为什么唐米觉得他人在这里，心思却去了另一个地方。姑婆同表哥说，那时候，我跟你叔公都才十几岁，我们带一个女孩子去看海，她从西北来，说是从来都没有见过海洋。我们坐火车到塘沽，那儿有开滦码头。我可忘记不了她一眼看见海时候的表情，就像发现了一个新的世界。从那时起，谁要跟我说天津没海，我就跟他较劲。姑婆转头对唐米说，其实那时候的天津卫才是个新世界，北平晚上还要提着灯笼出门的时候，天津马路上已经装了电灯。不过这样的新世界对她没有吸引力。姑婆回一回身，依旧不放弃，还是同叔公说，也像自言自语，道，我早说过她要的东西跟我们不一样。我们老家地砖上刻的是“唯吾知足”这样的字，我们的家训对她来讲是束缚，人家要的是海那样宽广的世界吧。那时天津那么繁华也还留不住她。

唐米插嘴问，那是什么时候？

姑婆问叔公，你说那是哪年？一九三一年，还是一九三二年？她到底是哪年来我们家？哪年走的？

叔公依旧笑眯眯地不回答。有位表姐隔着桌子，笑道，外婆，你别调侃叔公了。老掉牙的故事，我们都听腻了。

姑婆笑一笑，果然不再说下去，仿佛过去本来就提得起放得下。大家干杯，唐米纵然好奇，却没有再问，往事如同那些散失的传统，与他永远错过了。

接下来的日子，他随父母拜访亲戚，游览城市，一个假期很快过去。他们同他说家族的历史，他们的老宅在杨柳青镇，祖上去西北做生意——就是在左宗棠平定新疆那会儿，俗称赶大营，艰辛难以想象。但一切值得，家族从此转运，一世辛苦换来衣锦还乡，后来整个家族搬入天津意大利的租界……

他问那时租界的房子还在吗？

姑婆却摇头说，有的老房子留了下来，我们家的却没有了，儿孙都不在跟前，也没有人去理论了……然后闭目养神……又加一句，人在就好了。到了她的年纪，好像早已决定要去习惯历史里那些意外或者不公。

他想一想，问，这左宗棠就是美国中餐馆里那道左将军鸡的左将军？

他父母见他找到其中的关系，觉得他中文有进步，居然挺欣慰。

不过，那一次，唐米没有找到时间去看天津的海，却记住了几十年前有个女孩子被这儿的海惊呆了的事，但那是谁呢？后来去了哪里？他们家祖上在西北做生意，那女孩来自西北。这是他能想到的其中唯一的联系，剩下的疑问一点头绪也无。但似乎也没有关系了。

上海

可意旅行，一个人从纽约飞上海，去看她的姑婆。家中老人在上海的就只剩下她一个了。关于姑婆，她父母有两种不同的说法，一个说她从来没有结过婚，另一个说法相反，说姑婆是后来才变成孑然一人的，但具体也说不清是怎么回事。从可意记事开始，姑婆就一个人住，刚开始是一个老保姆照顾她，后来换成小保姆，然后小保姆年纪慢慢也大了。可姑婆给人的印象还是老样子，岁月凝固在某个时间点。以前姑婆住石库门房子的一小间，后来政府落实政策发回家里的老房子，姑婆做主卖给了在上海寻找东方风情的法国人。法国人把那所带院子的房子装修得充满旖旎和怀旧风情，上遍了各种时尚装修杂志。而姑婆把所得的一部分给了家中小辈，剩下的在标榜时尚与品位的新楼盘购入两套单位，一套自住，一套收租，从此现世安稳。

可意不介意住在姑婆家，因为老人开明，生活习惯也西化。可意住了几日，只管自己游玩，自由自在。那天，她在街边小摊买了一篮子杨梅，一粒粒新鲜饱满，颜色红得正要发紫，还带着绿叶，她纯粹是被色相吸引，可捧回家却不知道要怎么吃，她压根是第一次见到这种水果。她正发呆，姑婆走过来看见了，说，我要去探望一个朋友，正想着要买一篮杨梅带去。

可意正好做个顺水人情，说，现成的您就拿去好了，反正我也不懂怎么吃。

谁知姑婆说，阿姨出去有事，妹妹你陪我去吧。

可意喜欢姑婆的直截了当，笑着答应了。姑婆要探望的朋友住在华东医院，原来医院颇有历史，意大利文艺复兴样式的主楼坐落在一片大草坪之前，内部也还留着原有的建筑细节。姑婆探望的是一位老先生。可意以为来探望的自然是姑婆相熟的朋友，哪里知道他们也有几十年没见了。大概年纪大了，这样跨越时空的会面居然省却了戏剧性，两人面对面坐下，就像昨天才见过面一样，直接开始聊家常，然后才提到往事，原来他们当年是交大的同学，那时，是一九三〇年代。可意觉得相当不可思议。

老先生说，前两天，我的孙女来看我，也跟你家这个差不多大。她小时候去了美国，现在住在香港。我们当年选择留了下来，哪里想到小辈却又出去当了外国人。

姑婆看着他，像是深有感触，道，孙女也那么大了？然后，想起什么，开玩笑地说，早知道你到后来也一样结婚生子，多少女同学也不用白白伤心，都以为自己错过了机会，她们全当你为了那个女孩子，一门心思要等她，等不到就立志不娶。

啊？老先生像是意外，问，你怎么知道有她？

姑婆继续用开玩笑的口气说下去，那就是了，就真的是她了。那个女孩不是我们学校的，应该不真的是学生吧，常常来学校参加活动，听说后来有好几个学生跟着她去了苏区，最后还是去了苏联吧，都是那时的进步学生。有这回事吗？

老先生却沉默了。姑婆见状，就不再多说。然后他们聊一些老同学的事和这个城市的各种变化，口气轻松起来，说得非常尽兴。这是一场愉快的会面。护士洗了杨梅，他们都吃了好些，吃得嘴唇都有点紫红。

可意没想到自己会对他们聊天的内容听得津津有味，虽然搭不上话，可几个小时一点也不觉得无聊，而且对他们提到的那个女孩子最感兴趣。与姑婆回去的路上，她忍不住问姑婆，你们说到的那个女孩子，是做谍报工作的吧——是间谍?

姑婆笑说，间谍？你们美国长大的小孩，不知道怎么准确用词。也许吧，她可能是苏区在上海的地下党员，或者是替苏联人办事的。那时候，共产国际组织有人在上海活动。那些年，风声鹤唳，常常听说有人被逮捕，我们心中猜猜罢了，哪敢开口问。

她是怎样的人?

很漂亮，很年轻，很不一样。姑母想一想，这样说吧，我们的天地就在一方屋檐下，时局再混乱，也就想缩在那屋檐下，把日子过下去；可她是那种天生风里来、雨里去的人，一个屋檐可留不住她。

后来呢?

姑婆摇摇头，道，我也不清楚。那时的上海，冒险家的乐园，各路神仙来来去去。事隔多年，不提起来，就像没发生过一样。

可意笑了，由衷地说，姑婆，你也可以算是一路神仙。

姑婆扑哧一声，拍拍可意，没有说什么。

车内一时静默，车窗外，总是有那所谓老上海的老建筑，夹杂在新的高楼之间，一晃而过。可意有点恍然，一九三〇年代的事对于她来说，如异境一般。那分明已经是历史。

小樽

他跟家里提出要去日本北海道留学的时候，他父亲问，北海道？那么远？

他语气坚定地说，已经联络好了，先念语言学校，别的再说。那时他大学毕业，工作不顺心，觉得任何改变都是好的。

他母亲说，哦，北海道啊，就是高仓健的《追捕》里的北海道嘛。

什么？他疑惑地问。他父亲回答，是你妈年轻时候特别着迷的日本电影。我们约会的时候去看过三遍，还是四遍？嗯，还不止。

一九八〇年代出生的他说，那么夸张？

他母亲说，那会儿“文革”刚结束，这是第一部公映的外国电影，不受欢迎才难。那时候的观众哪像现在的这么挑剔？如今要找一部能让我看第二遍的电影可难啰。

就这样他来到了北海道，倒像替父母去圆梦似的。他那些留学的同学都选择了去东京、大阪这样的大城市，诧异地对他说，去北海道？那么偏僻，将来可以做什么？

那是二〇〇九年，他离开以后，有部叫作《非诚勿扰》的电影横空出世，连他母亲也在电话里提及，因为电影是在北海道取的景。再过一年，北海道拥来大批大陆游客。他因此找到人生方向，从导游司机做起，与人合作，开始经营旅行社。游客来了，不单要看《非诚勿扰》里的风景，顺带还要去看另一部日本电影《情书》中的小樽。看景，吃东西，买东西，来来去去，人生就这样忙碌起来。这真是个只要努力就有回报的世界。

有一次，因为带团的关系在小樽过夜，他当司机，晚间无事，空出来的时间正好用来当游客。无事一身轻，真有点不习惯。他沿着运河走向海港，然后再走回来，运河边的灯柱上停着海鸥，一只，两只，在海风中如雕像般静止不动，偶尔拍动翅膀；原先海边的仓库成了历史建筑，石头墙上爬着藤蔓，但里边都变了样，成了餐厅、商店、博物馆。他走了一会儿就想到海猫屋——不如去那儿吃晚饭。那也是一座老建筑。建于明治三十九年（1906）的仓库，红砖墙上爬着青藤。他总是跟游客朗朗介绍推荐，自己却一直没有时间光顾。

时间已经偏晚，他推开门，倒没有一步踏入历史，房子里面保留了红砖墙面，但装修充满现代时尚感。他沿窄窄的木楼梯往上走，到二楼，在长条木桌边坐下，菜单上标榜的是无国界料理，他点了一份海蟹意大利面。灯光半明半暗，长桌上就以这样的明暗间隔出不同客人各自的空间。

二楼除了他，另外只有一位客人。他点完菜，那位客人便慢悠悠走到他身边，问，介意吗？

他看清那是个老人，忙欠身让座。老人便在他旁边坐下。

原来老人想找人聊天，说，今天客人不多。我在等我孙女下班。

他想起刚才进门时看见的圆脸的女孩子，便说，很可爱哇。她是您孙女？

老人点头称是，道，说是喜欢海猫屋，想要在这里工作，所以利用假期的时间来试试，也邀请我来看看，真是荣幸啊。而且这真是个可爱的地方，不是吗？里面全变了，但还是让人想起过去。

老人很健谈，打量他，问，是中国人？

他点头说是，老人便说，现在来小樽的中国人可真多，我小的时候，来这儿的大多是俄国人。那时候为了跟俄国人做贸易，每间银行都来小樽设置分行，都说那是这儿最热闹的时候。

他礼貌地笑一笑，想当然说，那个时候恐怕没有中国人来小樽这样的地方吧。

谁知老人却说，有还是有的，那时，对面港口海参崴就有许多中国人。这儿是旧矶野商店的仓库，我少年时在这儿当学徒，跟中国人打过交道，也碰到过些奇怪的事。

哦？他笑了，怪不得老人想找人聊天，原来他是旧地重游，往事不吐不快。于是他耐心说，我正洗耳恭听呢。

老人笑一笑，欠身，道，真是失礼，好像逼您听我讲故事一样。

他连忙也欠一欠身，说，是我想听故事呢。

老人于是想一想，才开始说道，陈年往事了，不说起，就真要忘记了。那一年，我在这里上班。有一日来了个中国男子，是从苏联的海参崴乘船过来的，在我们仓库寄存了一箱东西。过了一年多，来提货的却是个中国女子，自称是那男子的妻子。那女子很年轻，穿戴华贵，由日本银行的官员陪同而来，好像是她去银行保险箱提东西，结果发现还另有箱子在我们这里。大约是贵宾，所以银行官员殷勤送过来，不过那是不是银行官员也不好说，也许是别的机构的人，要盯梢看看她到底来拿什么。那年轻的女孩子看上去很沉着，但我见到她用眼角瞥了那随行的人一眼，那真是充满戒备的眼神哪。我看人就是观察得那么仔细。当时，我便寻思，觉得她恐怕也不知道箱子里有什么。说实话，那箱东西，真的不好见人，我偷偷翻看过——不好意思，但也幸亏如此才知道里边藏的是什么。那是一些宣传共产主义的小册子，俄文、日文、中文的都有。

他有点紧张，问，这些小册子有问题吗？

老人嗨了一声，说，真是年轻人，不了解历史，那时候，可不是这么自由的年代。这些东西给人看见了是会有人麻烦的。结果，我取了另一只箱子给她看——那是一箱上好的清酒，气氛立刻轻松下来。银行来的官员倒笑了，说，这么重的东西怎么搬？我就是这样的脾气，不想给漂亮的女孩子惹麻烦。她也说，这可怎么好，一时带不走，等她再找人来搬。

后来呢？他追问。

后来她就回来了，想必她也不相信那真的会是一箱子酒。

她一定相当感谢你？

老人哈哈笑笑说，记不清了，也许谢过，她日文说得不错，年轻人各有各的梦想，不过她说话可有些冲。我问她从中国哪儿来。她不太愿意回答，却反问我对中国的事知道多少，比如关东军在中国做什么，我知不知道？这我倒不太清楚了，当时还真的答不上来。那时，一九三二年，我才十六七岁，我问她，军队做什么事，跟我这样的人有什么关系？她倒笑了，大概觉得我说得有道理。她看上去跟我差不多大，让人不相信她已结婚，也许是个幌子，谁知道呢？

后来呢？她把箱子带走了？

老人摇头，说，她看了箱子以后，没有惊奇，也没解释，更不打算带走，只让我做主把东西处理了就好。接下来，她应该是坐船去了苏联，因为跟我打听过船期。再后来，战争就开始了，各种各样的战事，没完没了。那些战争的报道常常让我想起她来，不免猜测这许多立场中，她究竟选择站在哪一边。那样镇定的外表下一定掩盖着一颗狂热的心吧，年轻人谁没有些热情，但这些满腔的热血最后是不是都冷却了啊……

谁也不想这样呀。他这么说。

是的，谁也不想这样。老人同意，怔怔地看着桌面，好像累了，过了一会儿才说，后来这个世界又发明一个名词叫冷战——一炮未发，就已经让人毛骨悚然。我不喜欢战争，谁喜欢呢？但这世上不顺心的事多了。

他看看外面，老人问，是做哪一行的？

他说，旅游。

老人说，旅游很好。他喃喃说，那个时候，六七十年前，可没有人专门到小樽来旅游。人们来来去去，心中都挂着一笔生意要做。

他这才意识到，老人恐怕已经九十多岁了，时光如梭啊。

海参崴

妙妙说要从莫斯科坐火车去海参崴，将穿过整个西伯利亚平原。她把这当作自己的毕业旅行。她在莫斯科念音乐，毕业之后要加入乐团，在那之前决定先随兴一下。同学建议她要考虑沿途治安，最好找人同行，她心中忐忑，却逞强笑说没关系——哪里就成风声鹤唳之途了。她的祖父和祖母年轻时就坐过这条铁路线，也是从莫斯科出发，一直往东直达那太平洋滨海之城海参崴——老一辈人还习惯用老名字——那是符拉迪沃斯托克在清俄割让条约之前的称谓，名字改了，地方变成了俄国的前沿军事基地，之后，战略地位便一直再没有变。后来俄国变作了苏联，改变的一切再没有回转。

坐火车从西端直达东端的并不多，人们上上下下，她也计划在每一站都下车观光，再赶下一班奔赴下一站。到达亚洲最大淡水湖贝加尔湖的时候，跟她一起上车的有几个年轻华裔，累累赘赘带着音响和吉他，他们同时看到了她的提琴盒子，彼此相视一笑。旅途中容易交朋友，更何况也算得上是同道中人，长途漫漫正好切磋音乐。流行乐加古典乐，什么旋律好听就全搬出来，引得整个车厢的人来看热闹，一同哼唱摇摆。妙妙喜欢这种世界大同式的默契，整个世界好像与她站在一起似的，心中满是感动，觉得不虚此行。

几位新朋友跟妙妙一样，全都自备着一个保暖壶，用来喝水，吃泡面。原来都是在网上得来的经验。接下来的旅程他们就搭伙一起走。那几个人在美国中部的同一所大学念书，有两个在美国土生土长，另两个是小时候移民过去的。旅途漫漫，谁都知道西伯利亚广袤无边，但是居然连续颠簸两天没有大站可以停靠，是他们没有想到的。窗外风景有时一成不变，一路的白桦树林看上去却比想象的年轻。妙妙想不通那是因为不断砍伐不断种植的结果，还是这些白桦树根本是自生自灭，还没长成参天古木已经在西伯利亚的强风里折腰倒地，而新树新枝永远会前仆后继继续生长。

最后，火车终于抵达目的地海参崴，妙妙和她的朋友长出口气。下了火车，虽然分明脚踏实地，可还是有错觉，仿佛自己仍旧在一节滚滚前去的列车上。对那几位朋友来说，这是旅途的终点，远东地区第一大不冻港，名字听上去是这样雄伟，而眼前港口的天蓝水蓝，也正好用来衬托他们的心情。夜色降临，他们在城市广场上架起音响，兴之所至，拉曲弹唱，不介意有没有观众，也不特别关心广场上遗留下来的那些塑像究竟为了纪念谁。音乐惊起一群鸽子或海鸥，盘旋在夜空久久不去——也许是被音乐吸引，也许是因为疑心失去了栖息的场所，惊恐不已。但他们任性地又弹又唱，好像直抒胸臆，时日无多。那两天，他们走遍了整个港口城市，却忘了光顾军事历史博物馆。到最后，旅程就这样结束了。

妙妙回到家，父母张开双臂欢迎，自从女儿开始念大学，家人一直聚少离多，而过几日妙妙便又要离家去乐团报到。一家人难得在一起聊家常，自然说起妙妙的旅途，感叹那同样也是祖父祖母曾经走过的路。如果老人家在世，应该有一〇四岁的高龄了。妙妙问父亲为什么不也来一次旧地重游，追随先辈的足迹。父亲笑着摇头，态度颇坚决，认为实在没有必要。妙妙觉得奇怪。父亲想了想，开口推心置腹同她说，爷爷的腿有些瘸，你知道是什么原因吗？

妙妙见父亲表情严肃，迟疑着摇头。父亲叹口气，说，那是在海参崴被打坏的。

妙妙啊了一声，非常惊异。

父亲摇头，说，这些历史你不清楚吧？嗨，有时不知道反而是种幸福。

妙妙说，幸福归幸福，但我还是想知道。

父亲说，你祖父祖母在莫斯科念完书，一九三二年的时候从西伯利亚坐火车回来，经过海参崴。那时伪满洲国已经成立，海参崴紧挨着日本人的地盘，苏联正展开反间谍的斗争。

斗争？年轻的妙妙觉得这个词听上去充满了超现实的意味。父亲看她一眼，意味深长地说，你太小，不明白，这样的斗争曾经是了不得的大事，是要出人命的。他低头思索片刻，忽然打算长话短说，道，你祖父一到海参崴就被当作日本间谍捉了起来，投在狱中，这腿就是那时候打坏的。你祖母想方设法营救却不得其门，简直急疯了。后来有人给她指了条路，教她去找一个中国人，是个很年轻的中国女人，听人说她刚到海参崴，能随意进出内务人民委员会的分局大楼，总该有些能耐。她很同情你祖母，还果真有办法，你祖父真被放了出来。其实，你祖父本来就不是什么间谍，完全是不明不白受了牵连。接着，他们好不容易回了国。那段往事，后来你祖父也没敢提。主要是说不清，没的事说多了反而变成历史污点，成了另一场斗争的对象了。

妙妙听他说完，眨着眼睛，显然还是没有十分明白事情的来龙去脉，疑惑道，那我去海参崴前你怎么不跟我提？

父亲却说，提什么提。过去的，都过去了。

过去了？就这么算了？妙妙诧异地问，受了那么大的罪，就白受了？

那能怎么样？她父亲说，小老百姓，对于历史，除了原谅，还能怎么样？日子总要过下去吧。

妙妙听了，心中哒的一声，好像听到什么东西落地，哗啦啦碎了。同时，旅途中唱的那些歌忽然在脑海里再度冉冉响起。

迪化

乔治大学毕业那年在北京待了一个暑假。他在洛杉矶长大，从小没有人叫他中文名字，但到了北京，从他爷爷开始，所有人都叫他李迪化，他仿佛变成了一个新人，在一个从没了解过的城市闲逛，吃从没吃过的风味小吃，尝试做从没做过的事，甚至参加了一档创业选秀节目，虽然在第二轮就被淘汰，但是因此认识了一对兄妹。他们来参加另一档选秀节目，节目在同一幢大楼里。他们是歌手。

认识他们是在午休时间。迪化出去找了家快餐店，痛痛快快吃了个巨无霸汉堡，可回来得太早，工作室一个人影也没有，只好去别的楼层闲逛，于是看见那两兄妹。他们在走道里刚吃完盒饭，妹妹把吃剩的饭盒仔细放进塑料袋系好。一个工作人员走过，看看他们的塑料袋，皱眉说，吃剩的东西不好处理，最好不要留在这里。哥哥二话不说，拿起塑料袋，等电梯来了便下楼去了。

李迪化站在一边，看了看墙上的海报，只认识大标题“最美心声”几个大字，然后看看表，时间还是太早。走廊里静悄悄的，只有他与那女孩。他回头看她，她也正抬头，目光相撞，让他觉得不太好意思，因为她实在太漂亮了。迪化以为她是混血儿，立刻用英文作自我介绍，指着海报，问她参加的是不是这个节目。

女孩子笑了，手臂抬起来，撞到身边的琴盒，他一个箭步，跟她同时扶住。女孩道，我不说英文的。你是外国回来的?

李乔治——也就是李迪化，红了脸，点头，重新介绍自己，说，我叫李迪化。

女孩说，我们节目上也有外国回来的孩子。我叫古丽，我哥哥叫艾山。她停一停，见李迪化还是有些疑惑地看着自己，便说，我们是从新疆来的。

李迪化一面恍然大悟，一面还有些恍惚，看着叫古丽的女孩，有些发怔。这时电梯叮一声打开，男孩回来，看到李迪化的样子，有些不悦。女孩却笑着跟他解释说，他的名字叫迪化。

男孩这才喔了一声，微微一笑，道，迪化？以前乌鲁木齐的名字？

李迪化这才回过神来，反问，乌鲁木齐？然后也笑了，说，是我爷爷取的名字，的确是新疆一个城市的旧称。我爷爷在新疆待过，我父母也是。

那你呢？你怎么不在新疆待着？女孩子调侃他，说着说着便笑了，笑的时候灿若春花。

李迪化抓抓头皮，说，我没去过新疆。

他们与他同龄，是双胞胎，就在这一年自民族大学毕业，正在决定要不要回新疆。他们自己填词谱曲，音乐有点民谣的味道，固然动听，但海选的评委觉得风格有点老派，缺乏某种必然流行的元素。不过也许是因为外形讨好，他们还是顺利闯关，进入后面一轮，但那应该是评委额外网开一面，前途其实并不明朗。他们的父母在新疆一直催他们回去，可去留不易决定。

留下来就变成北漂了——女孩子古丽这样说。男孩子艾山不太爱说话，总摆出一副不愿意迁就任何人的神情。不过，李迪化喜欢他们，那个夏天接下来的日子，他们频频相约见面。李迪化退出了他参加的创业节目，手上有大把时间，一时对别的娱乐都失去了兴趣，镇日只想腻着他们，不过疑心自己是占了名字的便宜，才能够与他们接近。有时他几乎错觉自己是在与古丽约会，但是他们之间隔着许多不可能，两兄妹一开始就摆出了泾渭分明的态度，果断地把他放在普通朋友的位置。

为什么不可能？李迪化有时觉得不甘心。自己的名字就是那边城市的名字，自己的爷爷、父母不都在那边生活过吗？如果他们真的彼此喜欢，难道还真会有难以逾越的障碍？这都什么年代了。古丽却避重就轻，问他，你可知道你爷爷为什么会去新疆？

李迪化一时哑口无言。艾山在一旁拨动吉他琴弦，像是在练习新的曲子，脸上却挂了个揶揄的笑容，像看穿了他所有的小心眼和小把戏。他骑虎难下，只得逞强说，这有什么难，我回头一问便知道了。

李迪化平时镇日不在家，这天突然搬一张椅子坐在爷爷面前，央求他讲往事。爷爷有些意外，但立刻显得兴致勃勃，迪化小小的要求给他带来太大的快乐。这让李迪化内疚，要反省自己往日的粗心，长久忽略了老人的感受。爷爷先说近的，道，你父母去新疆，是大学毕业之后，接受国家的号召，要到广阔天地去。况且，他们也想去看看上一辈去过的地方。

李迪化笑着说，这我知道。可是后来花了很大的力气才回来，颇为折腾。

爷爷慢悠悠说，这你也知道？

李迪化说，我对历史可不是真的一窍不通，他们是碰上那些年的运动，才去新疆的。但是爷爷，您是为了什么去新疆的，这我可真不知道了。

爷爷出神想了好久，才说，我们是河北人。一开始，还不是为了生计。我的父亲找到个机会去莫斯科做劳工赚钱，一去多年，结婚生子，等要回国的时候，因为战乱，东北那条路走不通，只好走新疆。哪知新疆也起了战事，结果一家人被耽搁下来，滞留当地。我是在莫斯科出生的，到新疆的时候才八九岁。

那是什么时候？你还记得新疆是什么样的吗？

那是一九三〇年代，我只记得生活艰难呗。爷爷说，在那里干等着不是办法，我父亲便想办法去哈萨克斯坦打工，可是那时哈萨克斯坦是苏联的联邦， 切规章制度跟着苏联。打完工，人回到新疆，可在哈萨克斯坦赚的钱却没办法转到新疆来，一家人生活差点没了着落。为这事，我父亲还带我到苏联领事馆去了好几趟，想找人疏通关系。后来万幸，他找到一个女子，也是汉人，很年轻，愿意帮我们周旋，最后竟然办妥了手续，记得她还送了我一块苏联巧克力。那之前，我根本没有见过这种糖果。记得那包装纸上有四只熊——喔，这种巧克力恐怕现在还找得到呢。

结局还挺圆满的。李迪化总结说。

结局圆满？那个年代，哪有什么是说得上圆满的？爷爷不以为然道，你们这些孩子觉得什么都轻而易举。

李迪化才要辩驳，他爷爷摆摆手，叹口气，接下去说，也难为你不明白。正是那当口，新疆发生事变，人心惶惶，苏联领事馆自然有自己的算盘，出出进进的人说不好会有什么样的背景。我们走的时候，大门口停了一辆车在等人。司机在跟人聊天，走过他们身边，听到一个问，要去机场的是谁？另一个道，是个中国人，女的。管不该管的，被……先打发走远些再说……

记得那么清楚？李迪化见爷爷说了一半便出了神，忍不住笑了，同时提醒道，这说的可不一定是同一个人，同一件事。爷爷像恍然大悟，道，可不是。不知怎么印象这么深，多少事，都记不清了，这倒还历历在目。对，他们说也许跟她无关，但模模糊糊地，我总觉得是我们连累了她似的，心里像搁了块石头，总觉得疙瘩。记得她很年轻，看上去好像就只有十几岁，应该有大把的好前途在等着她。

是个漂亮女孩子吧？李迪化开玩笑道。

漂不漂亮？这有什么重要？爷爷嗐一声，声音低下去，接着说，我上面本来还有个姐姐，但是在莫斯科的时候生病夭折了。我就觉得她那姿态像是我那个姐姐……这念头，也就是在心里转着，从没跟人提过。但她倒是有些奇特的，那么年轻，领事馆的秘书对她却毕恭毕敬。事后，我父亲却说，什么事都有原委，说不定都要付出代价。我们欠她的人情算是白捡了，可她欠的人情要怎么还。总之，我们这是意外撞到了好运气——我父亲根本不认识那女子，只是守株待兔候在领事馆门口，看有没有机会，结果撞上了她。但父亲不许我跟人提起去过领事馆的事。谁是什么来头本来也说不清，少提少麻烦。新疆后来几年也不太平，平白无故的冤狱层出不穷。新的督办靠苏联站稳脚跟，苏联的势力在新疆一时无可匹及。后来还真有领事馆的人寻上门来查问过，问我们同那女子的关系，来者不善。总之生活提心吊胆。再后来，终于找到机会，可以启程回老家……没想到在你父母这一代，历史又重演一遍，他们又给你取名叫迪化，是为了纪念你父母后来待过的那个城市。

李迪化听了故事，反而更添一头雾水。他本来想知道些往事，好跟古丽套套近乎，但是他了解到的好像与她全无关系，况且其中的历史背景他也没全搞清楚。不过他还是忍不住跟兄妹两人描述了一遍。古丽听了，点头说，我知道那领事馆的大概位置，现在还有一座黄色的楼留了下来。然后她问，故事还没说完呢，你们家后来怎么又跑到美国去了？

后来不是流行出国留学吗？李迪化随口说。

古丽淡淡揶揄道，你看，你们都是这样，喜欢到处跑，到哪里都待不住，来了，就又走了。因为她微笑着，话也不像是苛责，但李迪化听了一怔，瞬间像理亏一般。

后来，艾山拍拍他的肩膀，低下头在他耳边说，你想的跟她想的不一样，要的也不一样。

李迪化听了默然，他把那话翻译成：她并不爱你。对，就这么简单。而且那时，他已经知道他们决定要回到故乡去。

然而，他们好聚好散，李迪化不是拖泥带水的人，话说清楚了，他便接受了事实。那个暑假剩下的日子，他们还是常常相约，像习惯了见面，不过不讲爱情，一切云淡风轻。

所以，那个夏天，他认识了两个朋友，知道了自己家的过去，一个人坠入爱河又失恋。暑假过去之后，他又变回了乔治——正如古丽说的那样。不过，下一个暑假，他想去新疆看一看——总要看一看吧。

奇台

那个晚上月亮大而圆。他要出门的时候，他家里人不放心，拦着他，说外头这样乱，别一不小心就吃了枪子儿。他摆摆手，一句话也不说，执意要出去。外面真的是风声鹤唳，虽然没有宵禁，但大街上黑漆漆的，一个人也没有；有一点刺耳的声音就让人疑心是枪响。家里人拦不住他，只得由着他去，他们也知道他想去探听些消息——在这样的时候，谁都在等着有用的消息，运筹得当，也算是做一笔成功的生意。

他跟谁做生意，家里人却从来不问，他也不提。大家心知肚明，以前的生意早做不下去。这几年，通往内地的商道被切断，那些天津帮、山西帮的大商号纷纷倒闭，像他这样靠在大商号门下，讨点利润的小货郎日子更不好过，只好肩挑驮运拿些货就近想法周转一些。早些年，他跟着驼队走张家口、归化城，穿过蒙古草原，经过镇西，将货物运回到古城，那时的利润还算可观。但这也还在其次，跑了那几次，他也认识了一些人，然后知道原来不光货物有价，消息也有价值。这些天消息倒不缺，就是担心送不出去。

月亮底下，他靠着墙根走，有一阵子月亮被云遮住了，周围的黑暗让他觉得安全。后来月亮钻出云层的时候，一下子大放光彩，让他吃了一惊，好像顷刻之间暴露了所有的秘密。那个时候，他已经走到了县二中，觉得应该有驻军在这儿扎营。这支军队几天前攻入奇台城内，就是在这儿的大操场开的市民大会，为的是稳定人心。如今军队分散在城里，按兵不动，为了更大的目标补充给养，准备继续西进。他不知道自己来找什么，能找到什么，这年月里军队来来去去，他仿佛丧失了判断谁对谁错的能力，到后来，只想给自家找一条生计之路而已。

他躲在街道转角阴影中朝学校的方向张望，他不敢去正门，学校后边的操场没有看见驻守的士兵，但远远近近都黑魆魆的，看不太清楚。月光忽明忽暗，借着月亮露出云层，他却猛地看见前头树底下站了个人，突然出现的人影唬了他一跳。待看清是个女孩子，快扑出喉咙的心才定了下来。

那女孩梳了根长辫子，却穿着男装，这个时候站在这种地方当然是在等人。他觉得也许今晚没有白跑一趟，可是同时因为不知道周围会有什么危险，而觉得胆战心惊。那女孩抬头看看天上的月亮，月光照在她脸上时，让他看到她侧面的轮廓。她的面容使他觉得意外，那轮廓固然称得上美丽，但是另外有一种让他摸不着头脑的东西，让他突然觉得安全。

一会儿，果然来了个军官，两人站在树下说话。他听了一阵，两人说的全是告别的话，听他们口气，那女孩子第二天要往南疆去。他听了不胜诧异，这兵荒马乱的，要怎么走？

他听得出神，没提防突然有人在他身后低斥一声，背上便顶上了硬硬的家伙，不用说便是一杆枪。

那边的军官扬声问是什么事，他听见身后的士兵说报告，发现了探子。一面将他手扭到身后，牢牢制住。他心中暗暗叫苦。

军官跟那女孩子走近，一照脸，都吃了一惊。那军官很年轻，他立刻明白此人就是传说中这支军队的年轻师长。那些传闻让他出了一身冷汗，觉得自己运气太差，不知道家里人少了他，今后要怎么办。

谁知他却听到那军官打量着他，轻描淡写说，就是个老百姓，不用大惊小怪，让他走吧。然后口气随意地问他是不是汉人，在奇台做什么生意。

他诚惶诚恐答了，等回到家，还不敢相信自己有活着回来的运气，同时自觉不是做探子的料。

这是乔治的曾祖父的故事，大人讲给他听，是为了让他了解家族的历史。他们家祖上是天津人，闯西关做生意讨生活，在新疆奇台住了多年。那都是二十世纪上半叶的事了。

乔治问说故事的祖父，道，那后来怎么回来了。

祖父说，之后，那支军队走了，别的军队来了，过不久，有个俄国人来找你曾祖父，问那段时间古城发生了些什么，他将道听途说的都说了出来，直到说到那晚的事，说到那女孩子，那俄国人问准了那女孩子去了南疆，才似乎满意，而且很高兴。后来，俄国人走的时候，留了笔钱。我们家就靠着这笔额外的钱回到了关内。

乔治眨着眼睛，问，曾祖父做过的事岂不是很不光彩?

祖父却笑了，说，何必苛求。你们这些孩子，还没有体会过夹在对与错之间的那种为难，能有机会做一个天真的人是一种幸福。

乔治出生在美国，但是他不同意祖父的话。他并不觉得自己天真，只不过是历史太复杂而已。

喀什噶尔

小瑞去斯德哥尔摩，正逢美国大选日；她先投票，再上飞机，等降落时，投票结果已经出来——飞机才停稳，多数人已迫不及待打开手机看新闻。她慢了一步，还没开机，就已经听人惊呼，这不可能！

本来应是尘埃落定，她以为任何结果自己都可以理性对待，但是待看清谁胜谁负，她突然觉得从未有过的沮丧。乘客一面下机，一面议论纷纷，大多觉得不可思议。她打开脸书，在朋友的帖子里也找到无限共鸣。周围的人仍都与她站在一起，但那显然并不是全世界。世界分成两半，她从小都知道，也自小被教导要尊重不同，可是今日居然会因为这种选举出现的分歧有心碎的感觉，连她自己也觉得意外。然后，她坐车往市区行驶。斯德哥尔摩已经是冬天，阳光时时躲到云层里，在明暗不定的光线里，她突然意识到原来自己一直没有看清楚过世界另一边的样子，她以为她的这边理所当然就是所有人拥护和向往的，即便不是所有人，也是压倒性的大多数，就是这突如其来的真相把她打败了。这是二〇一六年十一月九日。那一天，许多人有这种感觉。主流媒体事先预计的结果被全盘推翻，许多人失望，许多人却也以为理当如此。

到了饭店，已接近正午。吧台少有地聚集了一群人，一看就是美国人。前台小姐一面帮她办理入住手续，一面不由自主朝那边人群张望，脸上有种了然和同情。小瑞拿的是美国护照，所以她略带抱歉的神情也分给了她。

小瑞查邮件才知道自己下午的会议被改成了明天，于是将行李放下，打算出去走走。外头空气冷冽，质感如薄脆的冰，那点锐利仿佛能让人猛然地清醒，也许这正是她需要的。

据说斯德哥尔摩分布在波罗的海边缘与梅兰湖相接的十四个岛屿和半岛上。她走了没多久就遇见了桥，过了桥便是旧皇宫，皇宫后面是老城区，窄窄的街巷两边是古老的房屋。走在石子小路上，薄薄的鞋底让她感觉得到脚下石头的棱角，就像故意要她清晰地体会到路的存在，那并不是一种舒服的感觉。天色已经在暗下去——她上一次来，这城市正逢白夜，漫漫长日永无尽头；而这会儿，时间虽是午后，却已是黄昏的光景，气温也在往下降。她下意识推开一扇门，里边光线暖洋洋的，一室铺天盖地都是书，还有老地图、印制品，摆在显眼位置的是几本装帧精美的书籍，静静地躺在木盒子里，原来是间古董书店。

小瑞喜欢书店，正好浏览打发时间。店小小的，几个架子按语言分类，英文、法文、瑞典文，俄文书籍尤其齐全，一整架子摆着自十八世纪起的全部俄文小说。另外还有不同类别的分类，要找的历史、地理、自然科学、药理等书籍，也一目了然。小瑞还看到一架子不同版本的《圣经》。前面柜台上有本古籍放在玻璃罩子下面，她好奇细看，却不知所以然。那小书不知是什么年代印刷的，文字弯弯曲曲，她也不识，老实说，品相也不好，看上去残缺不全。她正端详，身后有人清清嗓子说，这是《先知书》，石印的版本。

她一回头，便知道那人是书店老板，果然听他继续侃侃而谈道，虽然书的状态不算太好，但这是我祖父当年亲自从中亚带回来的，所以对我来说非常珍贵，是非卖品。

她哦一声，低头细看，然后恍然大悟，说，这是维吾尔文。

书店老板颇得意，道，没错。这是从新疆喀什噶尔带回来的。你，你是华人？

小瑞点头，不知怎么解释，想一想，说，我父母是从中国移民去美国的。然后，心中一动，又说，听他们讲，他们年轻时候也在新疆待过几年。真是巧。说完也不知道自己是说哪一点巧。

老板哦了一声，意味深长，瞧瞧她，说，他们是响应上山下乡的政策去新疆的？

小瑞没想到他对中国历史居然还有几分熟悉，点点头，他却语带遗憾接着说，我自己从来没有去过新疆，我祖父在那儿停留，也是七八十年前的事了。

小瑞更觉得好奇，问道，那应该是一九二〇年代，还是一九三〇年代？你祖父是瑞典人？

书店老板五官深邃，有典型的北欧人的特征。他好像早预见到小瑞的问题，点头，笑一笑，说，你若有时间，我便给你看点东西？

小瑞看外头天色，已经黯然一片，街上行人稀少。她本没有任何计划，倒是这一室若有若无的纸张气味叫人眷恋，多留些时候也好，便顺其自然点了点头。于是，老板自我介绍叫卢卡斯，他从书店中央螺旋状的楼梯往上走，下来时拿了一只嵌螺钿的漆盒，充满东方风情。打开盒子是薄薄一叠黑白老照片，她取过来看，上头几张跟她见过的中国老照片类似，好像是北方城市的街景。到下面几张她不由取出细看，因为一看便知道是他祖父去新疆时候所摄，有积雪的远山风景，朝拜人群人头攒动的清真寺，货品琳琅的市集，还有人物特写，不过几张维族老人和孩子的照片都有些模糊。她问，是你祖父拍摄的？他一个瑞典人怎么会想到去新疆？离北欧那么远，简直是天涯海角。

老板笑了，道，那时想去新疆的瑞典人可多了。先是传教士，后又有科学考察队——对那时的瑞典人来说，地处中亚的新疆是一个颇受欢迎的旅行目的地。

她露出不可置信的表情。老板解释道，那是因为当年马可·波罗著作《马可·波罗游记》的一个脚注提到瑞典人的故乡在喀什噶尔，这说法其实出自远古瑞典编年史，后来也被一位写成吉思汗传记的作家引用。这说法流传开来，人们难免想去一探究竟。

原来是这样。小瑞点头同意，说，既然是这样，那是要去看一看，这样才好知道是真是假。结果，你祖父找到答案了？

卢卡斯一面摇头，一面将喀什噶尔的照片挑出来，说，到了世界另一边，才知道世界这样大，原先的问题反而变得渺小，不值得探究。我祖父去的时候恰逢战乱，差点丢了性命。他一个人在喀什噶尔滞留了一段时间，后来在新疆碰到一支瑞典考察队，才同路安然回来。他受人之托，在喀什噶尔想要找一些有关祈雨和咒语的手抄本，可他还是去晚了，古老的手抄本已经很难找到，不过好歹带了这本石印的书回来作纪念。《先知传》里边许多伊斯兰教先知的历史其实是以《圣经》作为基础的，不过加入了维吾尔人的信仰和传说。我不懂维吾尔文，不过懂不懂文字，不是重点。你看，这算不算是基督教很早就传播到中亚的证据？将基督教传播到中亚的是瑞典人，我祖父算是沿前人足迹走到了喀什噶尔。也不止他一人，当时已经有传教团在当地住了二三十年……

他说着说着，拣出一张照片，让小瑞看，说，这是喀什噶尔巴扎里卖古董的铺子，这书就是从那里带回来的。小瑞好奇看照片，影像居然相当清晰，让人意外。坐在铺子中央地毯上，头缠白巾的显然是铺子的主人，周围杂乱地堆着各种东西，瓶子罐子盒子箱子，也有一些堆积的书卷。引起小瑞注意的是照片一角另一个人——是位女子，戴着黑色面巾，只照到半张脸，好像成心要躲避镜头，但还是被抓住了一双眼睛。小瑞被那双眼睛吸引，觉得摄人心魄，美得不可方物，不由看了好一会儿，然后迟疑问，她是维吾尔族人？怎么不像？

卢卡斯瞧一瞧，哦一声，笑道，你说对了，她是汉人。看这些照片的人，都被这双眼睛吸引。祖父拍成这照片不容易，语言不通，说服不了铺子主人，却因此遇见这位女子。她会说英文，也能讲维文，三言两语说服了店主，还帮他找到了这本书。祖父说是他自己不厚道，那女子不愿入镜，他便悄悄试着偷拍，结果偷拍到了一双眼睛。

小瑞还是好奇，道，你说她是汉人？

卢卡斯点头，神秘地笑一笑，道，没错，祖父还说她当时住在喀什城外的苏联领事馆里。

小瑞吐吐舌头，道，汉人，能说流利的英文和维吾尔语，又有苏联背景，听上去是那种不该招惹的人。

卢卡斯同意道，可不是，所以那是一场奇遇。那时候的南疆就是这样复杂，让人忍不住猜测那样一个人在那里起到了什么样的作用。

小瑞却说，也许那一切跟她没什么关系。

卢卡斯点头说，也许。然后，把照片收拾好，小心地放回到盒子里。

小瑞忍不住问，那时的南疆听上去真像是个冒险家的乐园。

卢卡斯一愣，说，那是个角逐场，英国有英国领事馆，苏联有苏联的势力范围，中国中央政府空有名义，却什么也管不到，反正形势很复杂吧。但要说得更具体，他也不能够了。归根结底，他们都不了解，所以一时都沉默下来，好像被这世界的广袤震慑住了。

那个黄昏，小瑞还是在店里盘桓了好一阵儿，买了一张中亚的老地图，新疆在正中央，她觉得可以当作礼物送给自己父母。告辞时，夜色浓郁。路灯下，心中失落徐徐升起。不管是对于历史，还是今天的这个世界，她仿佛一时间都失去了理解的能力——走在石子路上，她有一种淡淡的挫败感。

就这样，她往饭店的方向走去，慢慢地走回到现实之中。一切才刚刚开始而已。

伊尔克斯塘卡

伊尔克斯塘地处要道，是个重要的交通咽喉之地。现今口岸的对面就是吉尔吉斯斯坦。在清朝，邮政通路刚开的时候，南疆往内地的信件都是由疏附县邮使局收寄，先经过这个口岸到俄国境内，然后从西伯利亚铁路到达那时的满洲，再分发到各地去的。那时的信件贴的都是俄国邮票。

老人一口气说完上面这番话，停了下来，若有所思。小孟打量着老人，好奇地问，那民国时候呢？那时，邮件也还是要绕这样远的路？如果要寄信去兰州，难道不能从北疆直接过去？如果进了嘉峪关，不就快到兰州了？

老人吸口烟，想一想，说，很难，走不了那条路线，还是得从伊尔克斯塘卡走。那时候的电报也是从这个口岸跟俄国电报局接通的。

小孟的旅伴跟青年旅舍别的年轻人一起围了一圈在打牌，只有小孟有兴趣跟老人聊天。他问老人，您怎么知道？

老人说，我以前就是守那个口岸的。

这时那一堆年轻人爆发出一阵喧嚷的笑声，老人朝那边看了一眼，说，你不跟他们玩去？年轻人在一起才热闹。

小孟动也不动，抱膝坐在地毯上，说，我爱听您说些以前的事情。

老人咳了一声，瞟他一眼，说，有什么趣儿？过去的早就过去了。他一面说，一面顺手将手里的烟蒂在旁边一个陶罐上按了按。

小孟微微一笑，起身到他朋友身边，从他口袋摸出一包烟，拍拍他的肩。他朋友看也不看，点了点头。小孟走回来，把烟递给老人。

老人挥挥手不接，说，这些烟都没劲。你若找得到莫合烟来，算你本事。

小孟笑嘻嘻坐下，将一包烟拿在手里，把玩着，说，那烟不是被禁了吗？味道真那么好？您真想要，我明儿在巴札上留意一下，昨儿还看到有人用长条纸片卷了烟，抽得美滋滋的，就是那个？

老人不答，瞧着他，问，哪里人？

小孟说，我是甘肃的。我们是邻居。

老人扑哧笑了，说，还远着呢，甘肃离喀什十万八千里呢，怎么就变邻居了？

小孟赔着笑说，也不是那么远。现在交通方便了，说来就来了。

老人笑了笑，似乎不以为然，但是也没有反驳，好像到了他这样的年纪，对任何事都没有兴致争一个说法了。

小孟搭讪问，他们说您孙子是这儿的老板？您老也长年住在这青年旅舍？您老今年高寿？

老人反问他，问，你多大了？

小孟说，二十几岁。

老人似乎无可奈何，也透着疑惑，道，你们这些年轻人都不用做事么？成日就这样晃来晃去，到处玩耍？

小孟错愕，抓抓头，说，即便工作，不也要休假吗？我喜欢南疆的风光。

老人哦了一声，说，休假？这是个休假的地方么？

两人沉默了一会儿，老人又开口问他，小伙子，你是甘肃哪里人？

小孟道，我是河州的。

老人嗯了一声，重新抬头，瞧着他，说，河州？现在是不是叫作临夏了？

小孟还没有回答，老人又说，我倒遇见过几个河州的小伙子。

小孟不在意地回答，是吗？他们也是来旅行？住在这里？

老人摇头，说，一九三几年，世界乱着呢，哪有旅行这个说法？那会儿，我就在伊尔克斯塘卡做事，来了一批人，由苏联人陪着一起过境，在塘卡逗留了一两天，里边河州人可不止一个。

小孟一听来了精神，老人却摇摇头，伸手要过小孟手里的那包烟，抽出一支，看了看，勉为其难地点上了，说，苏联人从这边送他们过去，那边还有人来接，忒大的阵仗。

小孟问，是个大人物？

老人表情复杂地瞟他一眼，道，当年那么大的事……你是河州人，话说到这份上，你却还是不清楚那是谁，也就不用多说了。

小孟的兴致被他这句话堵了回去，不知说什么好，讪讪地站起来要走开。老人却不紧不慢又开了口，道，当年，我这故事要说出来，多少人感兴趣呢，谁知你不想听。

原来老人是要吊人胃口，小孟便又坐下，道，您讲我就听着。

老人吸了几口烟，又吐了几口，却道，没有什么好说的。大人物又怎么样，一时叱咤风云，时过境迁，还不是被人遗忘了，说什么也没意思了。功过就甭提了。时间哗啦啦过去了，谁还记得谁？

小孟耐心道，您总还记得些什么？

老人这次终于点了点头，叹了口气，好像专等着让人反复央求才肯开口。他感叹道，说来也奇怪，别的都记不清了，但是偏偏却有忘不掉的记忆。都说他们不该去苏联，你说这话有没有道理？

小孟骇笑道，您问我？我前因后果什么也不知道。

老人接着说，那大队人马过境之前，有个河州的小伙子来与苏联人交涉。这两人借我们的地方说话，说的话却是相当古怪。他们以为我不会汉文，说话没有避忌，那河州的小伙子一上来就问那苏联人，人到了没有。苏联人却含混不清不肯回答。我听了半天才明白他们说的是个女子，全部人马逗留着不走就是在等那个女子到底来还是不来。苏联人讥讽那年轻人，说他关心那女子多过关心他长官的前途，完全是失职。那苏联人汉文不好，但是讥讽人的本事却不差。那小伙子既要维护他的长官，又要替那女子着想，还要替自己辩解，越急越说不清楚。那苏联人气焰上胜了一截，到后来就语重心长要求那小伙子替自己做事，还许了许多的好处。

小孟明明听得一头雾水，可是又觉得情节跌宕起伏，引人入胜。这时为了表达真知灼见，他插一句，说，苏联人做谍报最厉害了。

老人翻起眼皮，瞧他一眼，顾着自己说下去，道，那小伙子拒绝了。后来一群人就都往苏联去了。但是，我就不看好这伙人去苏联的前途。你看，这个局要说多复杂，就有多复杂，尔虞我诈的，还有个女子在中间。老人摇头，说，我不看好，不看好。

小孟点头附和，说，是，是。

那一头，牌打完了，他朋友起身，拉他过去，一面低声开玩笑，道，跟这老人家有那么多话说？都说他年纪大，糊涂得很，颠来倒去，什么也说不清楚。

老人似乎听到了他们的话，长叹一口气，唉一声，抬高声线道，那你倒说说看，哪一件事是说得清楚的。

那一刻，正好无人说话，这话显得格外清晰、有力，却充满了无奈。

维也纳

周一的办公室似冲锋陷阵的战场，大家一见面又必然说到新闻，议论上个周末巴黎遭遇的恐怖袭击，忙中又添心绪不宁。到中午时间终于略舒一口气，小枚去找欧文，秘书却努努嘴说，他带着照相机出去了。小枚道，中午不是有约？难道忘记了？

秘书乘空闲，正把自己脸书的头像背景换成法国三色国旗，想一想回答，应该没有忘，他说等他拍了每日的脸谱照片就直接去餐厅。

拍脸谱？小枚奇道。

你不知道？秘书说，办公室每个人都看过他的照片。他每日拍一帧人物肖像，贴在他自己的网站和脸书上，很受欢迎哦，到年底他自己还举办年度肖像评比，让朋友们投票。

拍谁？小枚还是没明白。

秘书耐心地解释，就是路人甲乙丙丁。然后看着她，说，程总您太忙了，有空去网页看看。

小枚不太热心地喔了一声，嘟哝道，只要别拍我就行。然后交代秘书，打个电话提醒他。

结果欧文准时出现，小枚先把他介绍给一起用餐的客户庄先生。小枚的公司主持一家以贫困儿童为服务对象的慈善机构，庄先生是新一轮年度计划亚洲区的主要捐助人，因为欧文从纽约总部出差到香港，所以相约见面。但是庄先生对机构运作细节并不感兴趣，一坐下来，就先说欧洲局势，说得七情上脸。然后，庄先生问欧文，你的姓，鲁宾斯基，是犹太姓？

欧文说是。

庄先生欲问又止，欧文并无忌讳，心平气和地自己交代家世背景，说，我们家是“二战”前后移民到美国的，那是我祖父辈的事，我们家本来在维也纳。那个时候，犹太人要离开欧洲非常不容易。

庄先生叹口气，又想起眼下局势，扼腕叹息说，也不过略微太平了几十年而已。难道乱事就要再起？顿一顿，他说，我们三个人，坐在这里，说的话不痛不痒。那些担心恐惧像投入海里的石头，一点浪也起不了，但历史的大浪说来就来，席卷一切，多半违背个人的意志。个人的力量都是绵薄无力。

小枚一怔，欧文却先开口，说，倒不见得，我有个故事，那是我祖父经历过的。让我先讲一讲，可好？

庄先生说，当然好。

欧文便道，话说一九三八年，纳粹武装占领了奥地利，我祖父当时二十岁，与家人一起在各国领事馆间奔走，期望能早日办妥离开欧洲的签证，却一概遭到拒绝，让人绝望。后来他们辗转听说中国领事馆的何凤山总领事愿意给犹太人发放去上海的签证。当时，情势紧急，听说中国领事馆的房产被纳粹没收，要去领事馆有诸多不便，不过有人牵线说可以去找一对在中国领事馆供职的年轻人，他们可以帮忙传递有关的文件。我祖父于是连忙赶去接头，与他交涉的是一个年轻的中国女子，他去他们住的公寓，她什么也没有问，只让他留下文件，第二天就可以回去拿签证。他们就这样拿到了全家十几个人的生死签证，离开欧洲，转道上海，最后到了美国。祖父与那个年轻女子的交涉前后大约十分钟也不到，但对祖父来说，当时情景历历在目，他说他们有一个小婴儿，睡在一张白色的婴儿床里。他拿到签证的时候，心情终于轻松下来，忍不住问她，欧洲这般混乱，你们怎么不回祖国去？那位女子摇头说，还回不去，他们要等一个人。时势艰难，谁都有万般无奈。但我们家，毕竟是侥幸地躲过了最坏的可能。

仿佛要作一个总结，欧文叹道，有时候，这个世界需要的就是个人的那一点点力量，不是吗？就像庄先生所做的，也一样。

庄先生却说，我做的不算什么，绵薄之力而已。然后，庄先生看到欧文的相机，问，喜欢摄影？

欧文打开相机，给他们看他拍的照片。小枚问，哪一帧是今天的脸谱？

是个法国小女孩，欧文说，刚才在交易广场外面拍的。

于是，小枚有板有眼地跟庄先生解释欧文的每日脸谱计划，心中庆幸刚才与秘书聊了天。庄先生细看那张照片，照片上的小女孩看上去天真无忧虑。

庄先生将相机还给欧文的时候说，如果普通人的肖像看不到历史的蛛丝马迹，才算是年月太平。

欧文咦了一声，道，你的意思是这个地方还算得上岁月静好？

庄先生却说，我希望如此。

欧文唉了一声，低头也端详自己的那张照片，想找一找有没有自己忽略的蛛丝马迹。他突然说，最重要的是家园不要成为回不去的地方。

这话，说得有点突兀，但到底还是让人觉得意味深长起来。

里加

里加是波罗的海国家中最大的城市，是拉脱维亚的首府。小树去里加前查了城市简介，要不是因为坐邮轮，她压根没想到会来这里。大家庭六七家亲戚一起坐船游玩，一路异常热闹。可是到里加的时候，小树终于觉得不胜熙来攘往，宣布她脱离大队人马，一个人安安静静去老城逛一逛。她已经是大学生，自己做主，谁也没有异议。

一个人游玩的坏处是到拍照时就手忙脚乱。她在里维广场看见那幢著名的新艺术装饰风格的猫屋，想以黄色大楼顶层尖顶上那两只躬身发怒翘着尾巴的黑猫作为背景自拍，不过手举着手机，怎么也摆不好位置。这时，旁边有个声音笑道，让我来帮你？

她回身一看，是刚才那位一直在广场上吹萨克斯管的年轻男子，这时已经把乐器收了起来，正拿着一瓶气泡水，边喝边休息，看上去百无聊赖，有的是时间与人搭讪。小树笑着点头。

年轻男子拿着她的手机，退后几步，把她和屋顶的两只猫都收在镜头里，一面问，你知道这黑猫的故事？

小树说，怎么不知道？屋主跟人闹别扭，所以在楼顶放了两只黑猫，尾巴对着人家的屋子以示泄愤。后来双方协商，打算前嫌尽释，于是把猫转个方向，换作头朝人家，就妥当了。那都是一百多年前的恩怨了吧？

年轻男子笑嘻嘻说，听你口音，是从美国来的。

小树说，听你的口音，你也是？

年轻男子却说，我是拉脱维亚人。然后自我介绍说，我叫乔治。

乔治把手机还给她，小树一面道谢，一面惊讶道，你的英文说得很好，没有一点口音。

乔治却又笑了，坦白说，我是在美国出生的，我父母也是；不过，我爷爷是拉脱维亚人，所以我也是拉脱维亚人。

小树疑惑问，你住在这里？

乔治摇头，说，乘暑假来旅游，你也一样？

小树点头，看着他装萨克斯管的盒子，问，你刚才吹的是电影《艳阳时节》中的曲子？

乔治一怔，道，你怎么知道？那是很老的意大利片。

小树说，我是学电影的。这部片的音乐很美。

乔治说，演员也美，不过是战争年代的故事，美也就美了一会儿。

他们聊了几句，居然颇为投机。乔治知道小树在里加只不过逗留一天，剩下不过数小时，便毛遂自荐说，我带你走一走，城里那些新艺术装饰风格的楼房，值得一看，都是二十世纪初建的，跟我爷爷的年纪差不多。

小树问他，那后来，你爷爷是什么时候移民去美国的？

乔治说是战后，道，那时拉脱维亚并入苏联，我爷爷政治上有些问题，不敢留下来。

小树咦一声。乔治淡淡说下去，波澜不惊道，战前美国在里加有一个情报所，专门搜集苏联的情报。我爷爷帮他们做过事，事后，当然怕苏联人算旧账。

小树奇道，为什么在里加设情报所？

乔治没好气回答，因为里加一直是个重要的大城市。

小树哦了一声，有些不好意思，觉得自己孤陋寡闻，小瞧了这个地方。乔治居高临下似的瞥了她一眼，道，当年，美国驻里加公使馆专设了一间俄文图书馆，藏书之丰在苏联境外独一无二，无可匹敌，光是苏联报纸和杂志就订阅了五十多份，苏联新的出版物几天内就能送达。我爷爷最初只是替他们递送报刊，后来因为救了一位情报官，才正式被收编为机构的雇员。

小树问，发生了什么事？

乔治说，那位情报官员应该是被苏联人盯上了——情报所有亲苏派也有非亲苏派，如果不亲苏，便被苏联人认定是敌人，麻烦就找上门来。我不清楚细节，但后来我爷爷移民去美国的确是那位情报官助了一臂之力。我爷爷肯定是救过人，那是错不了。

小树由衷评价说，惊险！

乔治提着他的琴盒，用盒子前端指着那成排的建筑，如同指点江山般说道，二十世纪初，财富的积累成就了这些建筑，美轮美奂，可好日子只持续了一小会儿，没多久，第一次世界大战爆发，“二战”又接踵而来，没完没了啊。

小树嗯一声，道，所以有感而发，刚才才会在广场那边吹《艳阳时节》的音乐？

乔治却说，没想那么多，只是顺便赚点旅费而已。那些往事都过去了，人们早忘得干干净净。

然后，他们保持默契，关于历史的话题到此为止。两人在老城兜兜转转，走在那老城街道上，一幢幢漂亮的新艺术风格建筑近在咫尺，微风轻拂，终于吹散了耳边那些零散的只字词组。她只觉得岁月像一幅被精雕细琢过的画，满心欢喜，愿意作那画中人。

很快到了分手的时间，他们挥手道别，并没有任何牵挂。

回到船上，一大家子还是一如既往喧喧嚷嚷，却没人问小树去了哪里，直到大家交换照片，才知道原来都在那猫屋前留了影。

巴黎

夏天过去了，吉娅约她的发型师剪头发，才知道发廊已经从中环的办公大楼搬到了上环老街。她很喜欢上环的小街道，百年老铺林立，茶庄、海味铺、蜜饯行，刻图章的、配锁匙的、治跌打的，要什么有什么。这两年又冒出许多年轻人经营的小餐馆，连带米其林星的名厨也选择在这里落户，同中存异，因为世俗才有趣。

发型师路克是发廊老板，法国人，已经在香港住了二十余年，见了吉娅很高兴，老客人不用细问就知道她要的是什么。新铺秉承之前充满未来感的装修风格，门前小街上行人络绎不绝，热闹中带着市井气，看来路克终于摆脱了原先办公大厦他不喜欢的那种刻板整齐。不过，总有摆脱不了的烦恼，他用不太雀跃的口气对吉娅说，夏天，回了趟巴黎。

吉娅自镜中与他四目交流，他摇了摇头，却没把脸上的无奈甩掉。她当然知道他为什么烦恼。这一年来，巴黎成了是非之地，好几次成为恐怖袭击的目标，日子殊不平静。路克长叹口气，发廊里嗡嗡地响起吹风机的声音，此时听上去像传递着无边惆怅的咏叹调。

吉娅看着镜中的自己几年如一日的发型，不过修修剪剪中，还是俨然出现了一个全新的自己。只是路克看上去情绪有些低落，剪落的发丝翩然落地，但剪断的不是他的烦恼丝。吉娅目光落在镜中发型师的身上，可只看到个低头的侧影，忽左忽右忙碌着，像走不出一团小范围的氤氲的惆怅。吉娅轻咳一声，问他，家人都好？

路克像蓦然惊醒，顺手摘了一个笑容挂在脸上，说，都好，都好。生活一样过，巴黎也还是巴黎，除了游客少了一些。倒是我远远住在香港，只看着新闻，反而更觉得心惊肉跳。而我祖父，根本是气闲神定，情绪一点也没有受到干扰，批评这些政客不知道处理不同意见极其幼稚。他说“二战”他都经历过了，还怕什么——可话也不能这么说啊，那时战争开始，他连十岁都不到，有的是时间治疗一切战争的创伤，你说是不是？可到了他现在这样一把年纪，哪还经得起再经历一次乱世？可谁知道呢？这样的事，真发生了谁也没办法，这世界真是一团糟啊。路克声音轻下去，像嘟哝着说给自己听，可语气充满了自己也不愿相信的拍案惊奇。

你祖父几岁了？吉娅问。

路克说，八十五了。夏天回去，刚好是他生日，我们把旧照片理出来，做了一段影片。说到这里，他忽然像孩子般兴致勃勃，问，你要不要瞧瞧？花了我不少时间，没有比老照片更有魅力的东西了。

吉娅自然说好，影片在路克的手机上。黑白照片开场，渐渐变成彩色，年华更替，大家庭始终是大家庭，幼儿成长，青年人老去，老人淡出，家庭总是添新成员，任何一个时期都是几代同堂。背景配着法国手风琴音乐，时光仿佛流淌得十分欢快，而照片中背景看得出他们大部分时间都在巴黎。那城市一贯风姿绰约，正像路克刚才说的，任何时候巴黎还是巴黎。

吉娅看了一遍，又从头开始，凑近画面细细寻找，然后按了暂停，指着定格的镜头，问，这也是在巴黎？照片上一个六七岁的男孩站在高楼顶上，镜头俯视，近处的应该是塞纳-马恩省河，但远处背景却有两座巨大无比的塑像，耸立在高高的基座上，一边是只老鹰，另一边遥遥相对，是一男一女昂首挺胸，摆出阔步向前的姿态。吉娅用手指在屏幕上推移，想放大那图像，却没有成功。她再凑近一点，疑惑地问，这是什么风格？不像是巴黎的情调，怎么如此气势汹涌。

路克低头瞄一眼，便笑了，说，巴黎不可以气势如虹？我们那儿也有过大革命的，不光只有艺术和美食。不过，这两座雕像倒真不是法国制造。那是一九三七年的巴黎世博会时的产物，一边是德国馆，另一边是苏联馆。气势汹涌？当然啰，这是后来“二战”交战的双方，不巧或者太巧，在战前就这样先对上了。双方大概都抱着无穷的自信，觉得自己守护着整个世界的真理，只是那时还没权衡好对方是敌是友，先亮一亮锋芒再说。

吉娅皱眉细看，那老鹰可不就是德国的那只鹰，而那高高在上似要向前奔跑的男女——路克弯腰指一指，跟她解释——代表的是工人和农民，手中举的可不就是苏联宣传画中常见的镰刀和锤子。这样大型的不锈钢雕像在当时不能不说是个奇迹。路克端详镜中的吉娅，用手指整理她的发型，一面絮絮说道，也只有苏联那样的国家机器才能在那么短时间内造出这样的大家伙来，所以德国不甘示弱，也做出了盘踞在同样高度的老鹰雕像——一部国家机器对着另一部国家机器，就在埃菲尔铁塔前，隔街相望，分明想要分出高下。

路克的口气像是在议论两家服装品牌的商战，轻描淡写，然后退后两步，注意力全在自己的成果上，最后满意地点头说，瞧。他拍拍手，问吉娅，照片不错吧？

吉娅由衷道，角度照得真好。

路克说，当然，我的曾祖父是摄影记者，这是他得意之作，照片上的是我祖父。对了。说起来，还有个故事，在我们家，祖父一直被开玩笑叫作“被中国人捡回来的那个孩子”。

嗯？

路克笑道，我曾祖父去世博会，只顾摄影，把六岁的孩子——我的祖父——弄丢了，是位中国小姐把他找了回来。为这事，曾祖父特地带祖父去拍照，颇花了些工夫找到最合适的楼顶，想拍下世博会全景作为补偿。喏，就是这一张。本来要拍埃菲尔铁塔，但后来改拍到了这两座巨大的雕像，倒还是这样有意思。

世博会上的中国小姐？吉娅笑了，说，是什么样的中国小姐，你祖父还记得？

路克道，可不是，我祖父对那位中国小姐倒是记忆深刻，别人一提“中国人捡回来的孩子”，他就开始说那中国小姐的事，这几年尤其如此。只是他年纪大了，记性越发不好，故事越说越颠三倒四了。

吉娅笑问，他到底说了什么？

路克道，走丢的明明是他自己，他却说是那位中国小姐走丢了，还说走丢的不仅是那位中国小姐，她的爱人也丢了，她在世博会上千寻万找，却怎么也没有头绪，就把自己也弄丢了。反正，在他印象里，那个时候所有人都走丢了，迷途了。

吉娅说，噢？听上去有种罗曼蒂克式的凄凉——那不是“二战”前？战争要来，难免有些生离死别的故事。

路克坚持道，是他年纪大糊涂了。我父亲小时候听曾祖父说起过那位中国小姐的故事，情节不太一样。我祖父说她法文流利，人也美丽大方，气度不凡，猜测她是中国政府某位高官在外留学的子女，那时的版本可没包括她和她的爱人都走丢了的桥段——是祖父记糊涂了吧，年纪大了，一厢情愿编出新的支离破碎的情节，来印证自己的想象。他甚至还说这位中国小姐会讲俄文，被几个苏联人跟踪，他见了好奇，不知不觉跟上去，以致迷路，而且是他救了那位中国小姐，因为跟他在一起，才让苏联人改变主意，不便上前来找麻烦，倒是他帮了她的忙。

吉娅笑说，惊险刺激，老人想象力丰富。

路克无奈摇头，说，他爱看约翰·勒·卡雷的小说，自己不知不觉代入了谍战角色？还言之凿凿说是中国小姐要他保密，所以大半个世纪他从未提及。在想象中，他把自己变成了重要人物。

吉娅咦一声，说，也许一切确实发生过。人们对着孩子会说真话，对所做的事也不加掩饰，你的祖父也许真的目睹了一幕真实的历史。

路克摇头，说，所谓真实的历史，没法确知了啊。可他那时才多大，哪里记得清楚？但谁知道呢？世事不可思议，各种战争的起因对于我来说都十分费解，也许我不是个聪明的人。他将自己的手机拿回去，瞄一眼屏幕，说，那世博会为了标榜和平与进步，花了那么多力气展示技术、艺术和诚意，结果那和平只是虚有其表而已。你知道吗？其实，开幕前一个月，德国刚刚轰炸了格尔尼卡；紧接着，中国发生卢沟桥事变，日本开辟了亚洲战场……说什么都没有用，乱局已定呵。这时候，手机屏幕骤然暗了，那照片淡出了视线。

路克拿过一面镜子，退后一步，比画着角度，好让吉娅看清背后的样子。镜子反射的光线像倏忽而过的时光，让人眼前恍然一花。

发廊里都是镜子，吉娅稍一转头，就看见了无数个自己，像步入奇境的爱丽丝，沉浮于时光之外。她仿佛重新打量自己，同时好奇地问，路克，你以前是学什么的？怎么说起历史来这样朗朗上口？

路克笑道，我以前正是学历史的。随后将手中的镜子递给旁边的助理，道，学了历史，才知道历史不过是无望的重复，归根结底，人们什么教训都没有学到。真是可惜。

吉娅看着自己的背影出神，还没有反应过来，路克却转了话题，笑着说，你知道我为什么会来香港？大概是家里人老说祖父是中国人捡回来的，说得多了，潜意识里便生了想来东方的根。结果先来到香港，住下来就走不了了，以为找到了一个同中存异的地方……

世事难料。最后，他叹了口气，这样说，这城市也在变化之中啊。

的确，这夏天容易让人感叹，每个城市都有自己的烦恼。

巴塞罗那

车停在门口的时候，天正下大雨。笛娜的母亲开了门，门外是两个年轻人，没有带伞，从车道走到门口，身上已经湿了大半。她母亲低声道歉，说采访没有办法进行了，爷爷刚刚送去了医院。年轻人大吃一惊，既担心老人的健康，同时也相当失望。笛娜听到他们说明天一早就要从加州飞回北京，这一次错过了与老人聊天的机会。

母亲来不及客套，匆匆送走年轻人之后，就带笛娜赶往医院。笛娜的父亲与弟弟一直等在那里，她与母亲赶到的时候，医生刚好从急救室出来，面带笑容，大家知道老人脱险，这才松了口气。

要到几天之后，笛娜才想起问母亲那两个年轻人有什么事找爷爷。她母亲说，那是两个历史系的学生，要写关于西班牙内战的论文，所以来找爷爷聊一聊。

笛娜奇道，这与爷爷有什么关系？

母亲看她一眼，道，听说他们正着手研究中国人参与西班牙内战的历史，你爷爷作为志愿者参加过当时的国际纵队。母亲颇欣慰说，幸好这次爷爷无恙，等他病情稳定，精神好一些，你可以自己问他。

笛娜老家在福建，爷爷是医生，他那一辈是第二代移民，定居旧金山，她没想到老人年轻时候曾经在历史时刻远渡重洋去过欧洲。

笛娜上网查了查历史资料，略微了解了些来龙去脉。被认为是第二次世界大战前奏的西班牙内战，在当时社会矛盾激化下发生，政府改革失败，左派右派相互攻击，右翼军人策划引发内战，最后无可避免走上武装对立的道路。交战双方一边得到苏联和墨西哥的援助，而另一边选择纳粹德国、意大利和葡萄牙作为后盾。毕加索著名的《格尔尼卡》便是描绘了当时纳粹德国对格尔尼卡城轰炸的情景，对不设防城市平民的惨烈攻击史无前例，定格为历史。人类文明暴露于现代常规武器之下，原本脆弱不堪一击。

笛娜爷爷参加的国际纵队由五十多个国家的志愿者组成，与共和军站在一起对抗国民军，海明威的小说《丧钟为谁而鸣》就是以当时的战争为背景的。笛娜看过那本小说，觉得战争之下，所有生命轻若羽毛。她想问爷爷的感受，这么多年之后，对过去的战争到底还留下了什么样的印象。

爷爷在一个月后出院回到家中，笛娜跟他提起那两个雨夜来访的年轻人。爷爷很豁达地说，这是缘分，错过的事也没有办法。

笛娜好奇地问，如果他们在这里，你会跟他们说什么？他们会不会错过了重要细节，你应该跟他们用视频联机。

爷爷说不必了，然后出了老半天的神，叹口气，道，个人的历史没有什么重要的，大多数到了最后都沉入了水底。历史本来就是这样，并不是为了被世人记住才存在。

笛娜有些意外，她以为说起当年往事，重提那些年少时候的梦想，爷爷难道不应该表现得振奋和激动？哪料他意兴阑珊地说道，战争的名义常常顶着正义的荣光，对个人来说，战争带来的只有离散和苦难。

他闭目养神一会儿，睁眼见笛娜仍旧坐在旁边，托腮看着自己。老人有些意外，道，那段历史其实你也都知道了，你不是在网上查了些资料？

笛娜说，我要听书上没有的那些事。

爷爷哦了一声，说，原来是这样。老人兴致始终不高，想了想，仿佛勉为其难，开口说，那年我是从旧金山出发，经过纽约，先到伦敦，然后再到巴黎的，与别的志愿者会合，再一起赶赴西班牙。在巴黎的时候，倒是碰到了有意思的事。我遇见几个苏联人，他们刚从莫斯科来，跟我们一起等着上路去西班牙，他们无意间提起，问我知不知道有一个东干将军也将去西班牙支援内战。他们口中的东干人就是中国的回族，说起那个东干司令的名字，倒还是那个时代的风云人物。我听了有些激动，如果他真到了西班牙，我倒也想会一会。我问那几个苏联人怎么知道这位将军也要去西班牙。他们说几日前在巴黎世博会碰见一位中国女人，她向他们询问这位将军的下落，她说这位将军也计划从莫斯科出发，途经巴黎，将去西班牙支持内战，她以为他会与我们同路。几个苏联人兀自讨论着这件事，充满了忐忑不安——他们为了方便取得去西班牙的签证，是以参加巴黎世博会为借口，但这条路线秘而不宣，她是如何得到线索，再顺藤摸瓜找到他们的颇为不可思议。他们猜测她的身份以及目的，联想着各种可能的后果，患得患失。

笛娜问，后来呢？

爷爷好像累了，说，后来，到了西班牙，我们奔赴不同的战场，就散了。我在医疗队，见识了各种各样的死伤，终于看到了战争的真实面貌。我也留意过那位东干将军的踪影，不过一无所获。我总觉得那中国女子寻人的背后一定有耐人寻味的故事，如果告诉那两位来采访的学生，他们有资源，也许可以查得到前因后果。

可是，他却又转口说，其实查清楚了又有什么意义，什么都太迟了喔。

笛娜待要再问，一转头，却见爷爷已经睡着了，神态安详。

她学着大人的样子叹了口气。

伦敦

倪倪趁大学暑假到伦敦去看中学时候的好朋友路路，她们在香港上同一所初中，升高中时，大批同学同时离开去上寄宿学校。她们两人分别去了美国和英国。小时候她们无话不说，相隔几年还是有说不完的话题，不过说的内容不同了。这一点，她们在伦敦一碰面就已经发觉，不过都不打算把这当作是大问题。人生总要往前走，这段友谊她们都会放在心上就是了，希望往后也能一直在彼此的生活里占一个位置。

那两天，路路有家庭活动，她不把倪倪看作是外人，问她介不介意一同参加——原来正碰到路路祖母的忌辰。倪倪当然愿意同行，对老人家略表敬意。老人家安息在伦敦北部的海格特墓地，墓碑前有小小一方花园，种着黄色白色的玫瑰，还有迷迭香，看得出有人细心整理过；还有一棵树，树干碗口粗，依旧是棵年轻的树，应该是老人到这里的时候种下的，还在茁壮成长中。同来的都是路路的亲戚，他们都不说话，放下鲜花，行礼，在沉默中各自想着心事，可是气氛倒不凝重。倪倪忍不住猜测她的长辈们一起经历过的种种，但是她不想打搅他们思缅故人，所以这不是提问的时候。天空很蓝，阳光和煦，有人自他们身后走过，也拿着鲜花，为了不惊动他们，走得轻手轻脚，像在某个故事的边缘走过。

路路他们一大家子的人并没有逗留很久，但离开的时候，却显得颇浩浩荡荡，倪倪与路路走在最后。在墓地门口他们碰见一小队旅行团，导游正与满头白发的看门人交涉，然后接过一叠印刷的小册子，带着兴致勃勃的游客们往里走，刚好跟他们错身而过。倪倪无意一瞥，见他们手中的小册子上印着《共产主义宣言》几个字。路路的叔叔走在她身边，见她好奇回头张望，便说，他们是去参观马克思的墓地的，他的墓地在东区。

倪倪哦了一声，有些意外。

路路的叔叔解释道，马克思失去普鲁士国籍后，在英国生活了三十四年，直到过世也没有离开，后人为了纪念他，修缮了他的墓地，还塑造了他的雕像。

倪倪对历史不甚了了，随口说，我以为他在英国并没有太多的追随者。

路路的叔叔道，但是同情者还是有的，“二战”时期著名的剑桥五谍就是这样的人。他们都毕业于剑桥，出身贵族，但是对英国的社会制度深度不满，觉得只有站在共产主义阵营中与法西斯作战才是出路。结果，他们被情报组织招募，一生都在为苏联服务，变成克格勃的工具。

路路这时插嘴说，我祖母也在剑桥念过书，应该就是在差不多的时候，正是战争年代。

倪倪立刻恍然大悟，说，原来如此。她一直疑惑为什么老人家最后安葬在伦敦，原来这里离少年求学时的地方近。她随口开玩笑说，她不会与剑桥五谍认识吧？

路路却一本正经回答道，没错，她见过他们。

倪倪奇道，真的？

路路的叔叔点头道，可不是，都在同一所大学，虽然不是同一学院，但剑桥并不大，见应该还是见过的。

倪倪捅捅路路，继续开着玩笑，说，那他们难道没有起招募她的念头？多找一个中国人，队伍岂不是更壮大。你祖母是学什么的？

路路笑着摇头，道，祖母是学数学的，克格勃应该没看上她，不过——她突然想起什么，转头跟她叔叔说："您跟倪倪讲讲祖母在伦敦碰到那位美国人的那件事吧。"她朝倪倪挤挤眼，说，苏联人没挑上她，但美国人却差点看上了她。

路路叔叔笑着说，原来老人家也跟你说过这个故事，还是你说给你朋友听吧。

这回轮到路路说故事，他们已经上了车，路路的目光落在窗外，看伦敦城市风景徐徐掠过。她觉得自己的声音像画外音，正好配合这城市不变的古老风貌。她说，那时"二战"刚刚结束，祖母在英国滞留了很久，终于到了可以回家乡的时候，她在伦敦等船票，然后又要等船期。间中，她受邀去参加中国领事馆的活动，碰到一个美国人，他与不同的留学生聊天，与她多聊了几句，然后又约她另外见面，对她的政治立场很感兴趣，非常明确问她愿不愿意回去之后替美国在中国的领事馆服务。我祖母推辞了，心中怀疑他是替美国的情报组织服务的。那人跟她自我介绍是罗伯特，但是她明明听见有人用别的名字称呼他。祖母对政治不感兴趣，当然不想蹚这种浑水。也是因为这样的原因，她“二战”一结束就回到了中国大陆，可在一九五〇年代初却又离开，就是不想因为政治问题让普通生活变得过分复杂。

说到这里，她们坐的车经过泰晤士河。路路的叔叔有意无意，指着远处一栋建筑，说，那是军情六处的总部，《007》那部系列小说很喜欢提及的地方。美国中情局前身就是参照英国的情报部门建立起来的，组建正是在“二战”的时候。

倪倪不由朝那建筑多看了几眼，有感而发道：“不知道那时候的伦敦是什么样子的。”

路路老气横秋，说，正从一场战争中站起来，一切正要重建。

根西岛

小柔在海港小城普尔坐上驶往根西岛的渡轮，渡轮在英吉利海峡乘风破浪往东而行。渡轮上还有一个中国人，戴一顶棒球帽的年轻男子，把帽檐拉得很低，一副不想搭理人的样子。

船程有三个小时，已是九月，海风居然还有暖意。过了暑假，船上客人寥寥无几。起先只有小柔站在甲板上，然后那位年轻的中国人也出来了，手里拿着手机紧紧贴着耳朵。小柔一瞥之下看清那老掉牙的手机，居然是十年前的型款，还吊着一个蓝精灵的挂件。她虽然心情不佳，也不觉露出了一丝笑意。可手机的主人显然没有打算看见小柔，态度冷淡甚至漠然——但那好像也不特别针对谁，也许这种人对整个世界的态度都是这样的吧。风朝小柔这边吹，所以她听到了电话里那个气急败坏的声音，洪亮地随风传过来，说，你到底在哪里？多少人等着你新歌发布，你录了一半怎么就跑了？

那男子不知说了什么，可手机里的声音比他高了几度，道，什么？你不在伦敦？不顺？不顺也要发！不顺，你先回北京呀，你到底去了哪里？

她听到他漫不经心说，我又不是真跑了。给我三天。

这时，船一晃，小柔没站稳，身子一斜，往后一倒，撞到他身上。他便向前一冲，跌在栏杆上，手臂狠狠撞了一下，老手机被甩了出去，远远地甩到了翻着白浪的水里。小柔呀一声，扑在栏杆上往下张望，回头看他，两人互望一眼，同时将目光投向正渐行渐远的落水处，不出声，像被吓住了。看了许久，小柔愈看愈心虚，嗫嚅道，怎么办？

他回身靠着栏杆，朝她看着，耸耸肩，好像无所谓的样子。她脸涨得通红，觉得自身越变越渺小，不知该说什么，轻声问，你是歌手？

他瞪着她，好像不相信她会问这种话。小柔心中咯噔一下，想，完了。一错再错，搞不好这是个大明星。

她伸出手，说出自己的名字。他像有些意外，脸上淡淡的笑闪了一闪，也伸手与她握一握，说出自己的名字。

他们就这样认识了。后来她偷偷在网上搜寻了一下，有关他的资料铺天盖地而来，果然是她孤陋寡闻了。不过事发当时，她什么也没问，他也什么都不提。她将自己的手机递给他，他却摇头不接，表示根本没有要回手机的意图。

渡轮在茫茫无际的海面上破浪而行，冷风骤起，他们走进船舱。他把自己旁边的位置挪空。他们并排坐着，谁也不说话。别人以为他们同行，走过的时候，打的招呼同时分给两个人。她觉得自己有责任打破这尴尬的沉默，便说到了根西岛，计划再搭小渡轮去一个更小的岛。他皱眉看着她，她才意识到他要去的是同样的地方，而且当晚订的居然是同一家小饭店。一切那么巧，巧得让她觉得抱歉，好像她注定要给他添麻烦。

根西岛在英国与欧洲大陆之间，是英国皇室属地，曾是“二战”期间唯一被德军占领过的英国领土，这段历史在各种旅游介绍中无一例外都会被特别提起。在根西岛远眺，法国诺曼底遥遥在望，所以这个岛既充满法国情调，又混杂着英伦风情，至少体现在建筑风格上，不拘小节，随兴自由。而他们去的那个小岛，更是一派自然风光，几乎没有建筑。他们住的小饭店是民宿，正在岛中央，那天只有他们两个住客，老板是位老人。

他大概是来躲静的，她何尝不是。有的人在人群中如鱼得水，即便心是冷的，也有一副热面孔——他显然相反，离开人群，上了小岛，看上去自在许多。通往民宿的路两边是齐腰高的长草，小柔跟在他后面，她的袋子他提着，他偶尔回头，好像是看她是不是还在，顺手帮她拂开长草，脸上冷漠的面具终于剥落，可还是一派茫然，而且寡言。这样的人怎么当明星？她这样想。

躲静好像也躲不了，两人仿佛有了相互关照的义务，即便没有聊天的心情，坐却得坐在一起。黄昏时候，他们坐在室外夕阳的余晖里，周围芳草萋萋，海风从头顶吹过。他躺在木椅上，她看了会儿书，直到光线太暗，看不下去了。两人都没有说话的兴致，气氛虽然还算和谐，但是毕竟有些钝钝的，像到了世界的尽头，可徘徊看不见转弯的可能，便只好停顿在那儿了。老板端着两杯热巧克力出来，开了取暖的煤气灯，也坐下来。

老板一眼看出他们之间的生分，问，你们不是一起的？他们不约而同点头，却不开口。老板不介意，诚心逗他们说话，再问，是中国人？从伦敦来？在念书？在工作？怎么这个时候来这岛上？旅游的人都走了。小柔用一张毯子将自己裹紧，似乎因此可以拉开自己与这个世界的距离，他也用一样的表情看着老人。

他们都没有聊天的心情，老人却不放弃，视线在他们之间逡巡，突然再问，你们是中国人？让我给你们看样东西。

老人进屋良久，出来时带本薄薄的旧书递过来。他坐起来，与她一起凑近，借着煤气灯的火光细看。原来是本英文绘本 *The Magic Scissors*（《魔法剪刀》）——主角是个梳长辫子的中国小男孩。书有些年份了，书页已经泛黄。小柔翻了翻，不知道老人的意图，抬头与他四目相对，他也摇了摇头。老人慢悠悠先去泡了一大壶茶，自己倒了满满一杯，加了几大勺糖，才说，这本书是一九四〇年代初，在英国印刷的，目的是支持中国战区对法西斯的战役，替中国人募捐迎战。

小柔手里还拿着那本书，低头再看那画页上色彩明丽的场景和人物，道，“二战”时候的书？您留了那么久，这算是古董了。

老人叹口气，说，书不是我的。

他难得开口，问，那属于谁？

老人看他一眼，清咳数声，意味深长道，让我慢慢告诉你们——战争时候，这里被德国人占领。英国觉得根西岛不具备战略意义，没有死守的必要，便提议撤退居民去本土大陆，走了三分之二的人，我是留下来的少数。

占领期间有红十字会的船来过岛上，这本书是船上一个美国人带来的。他一定是情报人员，来了便没有跟红十字会的船离开返回英伦，而是改等另一班船去欧洲大陆。中间等船的那段时间他一直住在我们家中，为了要避开德国人的眼线，足不出户。我对他好奇，他也愿意回答我提出的各种问题，从行李中拿出这本书让我先读，他说书是要带去给一个中小学男孩看的。我问他，那小男孩在中国？他摇头说是在维也纳，这本书是给他的礼物。我很惊奇，问他中国人为什么会在维也纳。他说，因为他的妈妈在维也纳啊。然后便不肯再多说一句了。可是，他走的时候，匆匆忙忙，却将书遗漏在我家。那时是一九四三年，诺曼底登陆是在一九四四年六月。

他在诺曼底战役之后又来过一次，这次随红十字会的船从欧洲大陆过来，要回英国。那条船叫“威格”号，那一趟航行及时救了岛上许多人的性命。盟军在诺曼底登陆，没想到因此切断了原本德军控制的根西岛与欧陆的补给通道，当时根西岛食物短缺已经到了生死边缘，所幸“威格”号及时带来物资。之后，“威格”号在大西洋上来回多次，等那个美国人再随船来到岛上的时候，战争已经完全结束了。

作为战胜的一方，大家当然全都兴高采烈。他又来到我们家，我将细心保存的图书小心翼翼取出来还给他，他却说让我留着吧——因为那个男孩子已经不在了。我记得自己脱口而出问他，那他妈妈呢？该有多伤心。那个美国人是这样回答的，是的，她非常非常伤心。很不幸，活下来的人，往往要面对比死亡更为巨大的绝望和悲痛。但是，战争都结束了，再伤心，也要好好活下去。记得我还问他，她还在维也纳吗？那个美国人说，战争结束了，路途通了，自然是要回中国去了——日子还长着呢。孩子，日子还长着呢。

老人说到这里，长长叹了口气。小柔啊了一声，看看自己的同伴，那大男生怔怔地想了一会儿，也长长叹了口气。老人看他们一眼，再仰头看天，朝风吹的方向远眺，反复在侧耳倾听远处海浪的声音。接着，老人自然而然地问，怎么？碰见什么不顺心的事了？是跟爱人不和？还是哪里碰到了障碍？可是，孩子们，日子还长着呢，再伤心，也还是要走下去，战争那种事都不能将人打败，最不值是被自己打败。

他说完，就进屋去了，留下他们两人在外面。他们在外面坐了很久，各自想着心事，也许是想流年，想往事。

他忽然问她，是失恋吗？

她一怔，没有回答，他却淡淡说道，我的问题多了，但是如果不能创作，我就完了，那就无论如何走不下去了。

你可以的。她打断他说。

嗯？

心是暖的就可以。话出口，她有些不好意思，觉得太像陈词滥调。

他沉默片刻，瓮声说谢谢。

她的心情突然好了一点。

第二天他们同游小岛，第三天回到大岛，再坐渡轮回到了英伦大陆叫作普尔的港口。他借她的手机打了一通电话，简单地对那边说，回来了。

然后，他们在港口分手，像所有萍水相逢的人一样，绝不拖泥带水。

他应该是回伦敦继续录歌了，她则回到原先的生活轨道。

半年之后，她看到他发布新曲的消息。那歌好像很红，像风一样横扫华语歌坛，她也听了许多遍。

其实，那一次去根西，的确是因为她失恋。回来之后，便把过去放在身后了——生活中，有的做得到，有的则未必，尽量吧。

马耳他

二〇一七年的时候，小曼去了一趟马耳他。她本来只想在西西里逛一逛，然而在波扎洛的时候有人跟她兜售去马耳他的轮船套票，她便想起一九九七年的时候，她遇见过一个马耳他人。那年她大学二年级，暑假时候在宾夕法尼亚州一家电子公司作暑期实习，实习的同事中有一位是马耳他人。那一年正碰上香港回归，实习生中还有印度尼西亚籍和越南籍的华裔，碰上这样的大事自然讨论得热闹，只有马耳他人一味微笑着，专心工作，一言不发。少年人气盛，故意要追问他的看法，马耳他人好脾气地答非所问道，大国有大事，马耳他是小国。

他说得这样谦虚，众人当真就忽略他的意见，继续只管自己讨论，只有小曼问他，马耳他有多小？

他诚实回答说，很小。

如今没想到居然离马耳他这么近，小曼一时兴起便打算坐船过海到马耳他首都瓦莱塔，正好看看这个地中海上的岛国到底有多小。

渡轮上乘客很少，小曼找了一本旅游书恶补知识，方始了解历史。先是腓尼基人在这里定居，历史自公元前十世纪左右开始；然后所有欧洲强盛的帝国接踵而来，全都将足迹延伸至这地中海上的小小“心脏”。希腊人、迦太基、罗马人、拜占庭、阿拉伯人、拿破仑、英国人，来了又都走了，而马耳他终于在一九六〇年代成为独立国家。

航程短而寂寞，小曼恍然大悟从历史中醒来的时候，发现已经到了目的地，扑面而来的是大片蜜糖色的古老城池，端然坐在碧海之上。轮船进港时，看两岸古老建筑庄严华美，上千年贸易成果的积累，看上去颇有可惊叹之处。穿越悠长历史，过去的繁华定格楼宇之间，于是这个小国一晃变作了旅游胜地。小曼以旅行者的姿态在城中穿街走巷，按图索骥，发现这小小方寸之地居然是许多电影的取景地。她兴致勃勃，好像要证明什么，但是如同任何一场异地的旅行，走着走着，总觉得走在不相干的故事里。

城不大，无论朝向哪个方向，总能走到水边。小曼渐渐疲倦，忘记自己的目的地，也分不清方向。时近黄昏，有辆马车驶近，在小曼近旁停下。年轻的马车夫原本是要兜揽生意，但得知她迷了路后，却笑着说，也罢，反正我要下班，刚好往城中心方向走，算我做好事，捎你一程。

小曼便纵身跳上马车，如同童话中想要赶赴奇妙幻境的公主。

沿途，年轻人指点着标志性的建筑同她讲解，当然没有错过“二战”纪念碑。

小曼好奇地问道，“二战”时马耳他难道也是战场的一部分？

年轻人一面赶着马车，一面侧身跟她说话，道，怎么不是？马耳他在北非的补给战线，丘吉尔一早就表示要不计一切代价守住这个位置。我祖父就参与过防御战事，他是机场地勤人员。那时德军封锁包围了马耳他，美军的航空母舰停在封锁线之外，战斗机突破封锁线飞过来正好耗尽机油。那一次，真是惊险，双方知己知彼，德军知道有批飞机即将运抵，所以专等着飞机耗完油降落，紧接着发动轰炸战事；而我们这边也已经准备就绪，专等着飞机降落，即刻加油升空迎战。那一次，他们创造了奇迹，每一架飞机降落、加油再升空，只花了短短六分钟时间，最终扭转了险局。

小曼打量他的表情，心中有不祥的预感，追问道，那你祖父呢？

年轻人看了她一眼，视线落在远处，语气波澜不惊说，我祖父被弹片击中，后来，没能抢救过来。那时，我父亲刚出生。

小曼啊了一声。

马车笃笃往前，年轻人指给她看路过的“二战”纪念碑，然后转过身去，轻轻道，这一切真不可思议。我祖母是护士，医院里同时抢救的还有一个美国飞行员，受了重伤，不过他被救了回来，只是伤势刚刚有些起色，他便设法离开，要回到欧陆沦陷区去，伤没全好就走了。祖母说，当时支持她活下去的唯一希望就是对胜利的憧憬，和所有战斗着的人们的不屈不挠。

小曼嗯了一声，听着马蹄在石路上行走的声音，觉得保持沉默反而是表示某种敬意的方式。她只在马耳他待了一天，就回到了西西里，然后经过罗马回到这两年工作居住的香港。这个夏天，香港多雨，天气与南欧的炎热干燥迥异。重回现代都市生活的秩序，小曼回想旅途种种，那年轻人说的故事印象最深。历史的车轮子滚过，结果，谁也不能躲在历史之外，世上原本没有小历史。

柯尼斯堡

利莲去埃达家做功课，想起在学校上数学课时，老师提到的一道趣味题——德国小镇柯尼斯堡有七座桥，连接起两座岛及两岸，一共四块陆地。问题是要解决到底能不能只通过每座桥一次而能走遍所有陆地。这道题在十八世纪已经有解，数学课上被当作故事提起。曾经的难题一旦被攻破，其中道理深入浅出娓娓道来，连初中生也能够明白。埃达是德国人，利莲便问她，柯尼斯堡在德国哪里？

埃达摇头茫然不知，然后抬高声音叫爷爷。她对利莲说，刚好爷爷在这里，他一定知道，他是土生土长的德国人。

言下之意，承认自己无法回答这个问题。埃达从小随父母驻公司不同的海外办公室，前些年搬到香港，转到利莲所在的国际学校。国际学校的孩子都一样，一方面见多识广，另一方面却又错过了对某些基本常识的了解，不过利莲的这个问题又不是一般的常识。

埃达的爷爷听到声音走到客厅来，待听清了问题，一呆，说，柯尼斯堡？现在名字不一样了，叫作加里宁格勒，是俄罗斯加里宁格勒州的首府。

埃达听了觉得奇怪，问，怎么换成了俄罗斯名字，变成了俄罗斯的城市？

埃达爷爷说，历史说起来就复杂了。原本那儿隶属东普鲁士，“二战”前，是德国的外飞地。“二战”结束，德国战败，柯尼斯堡就被划归苏联，换了名字。

埃达的妈妈这时刚好回来，听到他们对话，便说，爷爷不是在柯尼斯堡住过吗？

埃达爷爷说，不错，我小时候就住在那个城市，那时候的东普鲁士的确有许多德国居民。

利莲和埃达一听，便兴奋地追问道，那您岂不是走过那七座桥？

埃达的爷爷却摇头说，我没有关于桥的记忆，关于柯尼斯堡，我印象中除了战争，还是战争。

利莲和埃达面面相觑，对于她们来说，战争是书本上记录的编年史，从没想到那会是亲身经历的事件。

利莲问，是什么战争？

老人说，是“二战”。战争结束的时候，我只有八岁。战况惨烈，任何战争对平民来说都是地狱。战争期间，东普鲁士的德国人一直处在帝国必胜的幻象中，直到苏联军队兵临城下，平民才猛然醒悟，想要开始大规模撤离。但是冰雪封路，为时已晚，苏联人以战胜者的姿态出现在城内。

老人看了看两个女孩子，改变主意，打算略过所有细节，简单地说，我能够活下来，值得庆幸。我是一直到十二岁才回到德国的，先到东德。有许多德国人进了劳改营，再也没有回来。你看，替战争付出代价的始终是平民……

两个女孩的表情变得严肃，正襟危坐，小心翼翼地呼吸，好像不知道如何面对这样的事实。老人笑一笑，想让两个女孩了觉得轻松一点，于是问利莲，道，你是中国人？

利莲点头。

老人便说，我在柯尼斯堡的时候，还遇见过中国人了。

嗯？利莲好奇，问，难道那里还有参战的中国士兵？

老人摇头说，她不是士兵。

是她，不是他？埃达听爷爷用的称谓，还以为他说错了。

没错。老人说，是个女孩子，穿着苏军的制服，他们说她是个记者。那时我们这些可疑的德裔全被收押，当中有不少是我这样的孩子，我们一无所有，被驱赶着从一处关押点走向下一间牢狱，天寒地冻也没有足够御寒的衣物。我摔倒了，有个苏联士兵上前狠狠踢了我一脚，是她走过来把我拉起来，并且把她脖子上的围巾给了我。大概因为她是随军的记者，所以那个苏联士兵也没有再为难我。这是那几年中，我遭遇到的少数的温暖好意。

埃达这时说，爷爷，你从来没有跟我提起过这些事。

埃达爷爷像出了神，过了好久才道，这样的不幸，谁不想忘记呢？后来，回到了德国，我想，就让那些历史变作历史吧，那些关于战争的血腥回忆放在心里又有什么好处？再后来，我也长大了，有了自己的孩子，离过去，就更加遥远了。

埃达问，爷爷，为什么会有这样的战争？

老人叹口气，说，那时候，他们告诉我们这些孩子，一切都是为了荣耀。

马尔代夫

小悠搬到香港才认识本地著名的卡通人物麦兜，同时发现度假可以选择马尔代夫。那时，正逢同事整装待发，充满向往，朗朗重复小猪麦兜的名句：我想要去马尔代夫，蓝天白云，椰林树影，水清沙白。原来麦兜是一只粉红色的卡通小猪，去马尔代夫是他最大的心愿。

小悠真的踏足马尔代夫却是在几年之后。世界之大，除了海水和沙滩，她有太多别的梦想之地，跟这城市许多人一样，满世界咫尺之遥唯嫌时间不够。后来终于去马尔代夫却是一时兴起——做完一个跨国并购大项目，仿佛用尽了毕生精力，实在太累了。同组四个女生分属不同公司，要犒劳自己，也不舍得就此分手，就一起到了印度洋的小岛上。

因为飞机延误，她们深夜才抵达马尔代夫首都马累，又转水上飞机飞到她平生到过的最小机场，然后一艘快艇在黑夜中穿过无垠水面将她们接上了小岛。一切旅途劳顿都很值得，因为早起之时，小悠从建在水上的屋子看出去，望见印度洋海水深浅不同之蓝，波澜不惊，美丽景色无法用语言形容，只觉得水平线在极远处延伸，世界是这样辽阔，只要她愿意，原本的生活和一切杂念便都可以永远搁置在那水天一线的远方了。

位于赤道附近的小岛原本被热带丛林覆盖，热辣辣的风景已经接近人们对天堂的想象。不过那还不够，人们再接再厉不遗余力打造出物质生活的典范。小悠她们在这里，心安理得安享其成。她们这代已经习惯合作分工，各司其职。工作时她们尽职服务，然后生活就需要服务于她们。现代酒店行业深谙其道，每间别墅配置管家，把吃喝玩乐全部安置得妥妥帖帖，唯一不过问的是客人何所思何所想。

据说，百年之内，马尔代夫众岛都会因为海洋水平面的上升而消失，那么，这里简直是末日天堂，所有一切繁华都将是过眼云烟，虚幻而不真实。水广人稀，在这儿，一座岛便是一间度假村，员工和客人来来去去，来自世界各地，那么当地人呢？他们在哪里，怎么想？数日之后，她们终于百无聊赖，把这个略为深奥的问题抛给了管家墨。

其实小悠她们颇有诚意，最后一日盛情邀请管家墨共餐，既表达连日来的谢意，又可以闲聊助兴。管家墨永远穿白色，那是岛上的制服。他坐长桌上首，女孩子们笑嘻嘻坐两侧。烛光下是意大利餐，室内灯光摇曳，觥筹交错；室外有机菜园蔬果累累，芫荽香草的味道随风飘在她们四周。管家墨的回答非常政治正确，始终抱着游客至上的格调，不对现代资本运作评头论足。小悠觉得他的回答有些乏味，不过也不算是大问题，这个假期本来就不是为了寻找人生的真谛，不过是随兴问、随便答而已。

大家有礼而客套，公认管家墨天生是酒店管理人才。小悠随口问他，这一行在马尔代夫应该算是新兴行业？

管家墨却笑了，神情超然，道，也对，也不对，其实，我祖父早在一九四〇年代就从事服务业了，行业倒不算太新鲜。

四个女孩子睁大眼睛，小悠说，哪有可能。一九四〇年代正是战争时期，这里也是战场的一部分？服务业可要向谁服务？

管家墨说，正是服务于军方。

女孩子们啊一声，听他说下去。管家墨说道，一九四〇年代，英国皇家海军和空军在附近阿杜堡礁建立了秘密军事基地，为防范日军攻陷新加坡做准备，在印度洋找到这一块可进可退的立足点，刻意避开日军耳目。在军队服役的是英国人，基地建设与维持运作的却有许多本地人。我祖父曾经在基地服务。那儿是马尔代夫最南端的一组群岛，环礁对内部港湾形成天然屏障。

原来如此。小悠感叹。

管家墨接着道，太平洋战争初期，日军为了集中战力对付美国的太平洋舰队，先对印度洋上的盟军舰队和基地进行空袭，企图抢先切断印度洋的支持，印度洋从南到北都被卷入战火——看今天这里的风景，真是难以想象当年烽火连天。

那基地还在吗？

管家墨笑一笑，说，甘岛上以前的英军基地，现在成了一个度假村。不过，一九四〇年代后，附近来来去去的军舰也没有真的断过。所谓的战略部署一直是存在的吧，不同的国家有不同的态度和能力。总之，重要的是现在这里是以旅游天堂而不是军事重地著称。

大家点头附和，没有想到云淡风轻地居然聊到了这样

延安

那是一九四六年——老人用就事论事的口气这样说，我们到延安的时候是三月四日，那是一个历史性的时刻。

杰瑞一直专心听着老人说话，这时算了算年头，忍不住插嘴说，那不刚好是六十年前?

老人哦了一声，说，今年已经是二〇〇六年了？那对的，刚刚好六十年。

杰瑞看了老人一眼，老人分了神。杰瑞不急，他对延安这个名称觉得陌生，于是在老人略微停顿的片刻，掏出手机，在网上键入延安，快速地浏览了维基百科上的解释。原来延安在一九四六年的时候的确处在颇具战略意义的位置，那时“二战”刚刚结束，中国处于内战的边缘，南京有一个政府，另一边就是被称作红都的延安。

杰瑞是中学生，为了学校的功课，正在作一篇论文，写的是“二战”后的世界格局，标题太大，他还没开始写，就已经觉得力不从心。他父母的朋友听说，便介绍他跟一位老人聊一聊，说那老人是退伍军人，“二战”曾在亚洲服役，参与过战后调停。老人住在加利福尼亚湾区的山间，自己有一个马场。他们先通了电话，老人在电话里应承了他的请求，并且邀请他住一晚。杰瑞在周末拜访。其实马场离闹市不远，只不过山路颇有些崎岖，车开出不远，风景便已经不同，山峦不高，但连绵起伏，一眼望去，仿佛置身在一个广阔的世界。那夜偏偏风雨交加，疾风骤雨更是充满了留客的意味。他们吃了简单的意大利面之后，便坐在一个旧壁炉前，正是聊天的好时候。

老人似乎对风雨充耳不闻，沉浸在往事之中，只是想了好一会儿，才开口道，我们到延安的那天晴空万里，仪仗队在机场迎接，每个人都充满了热情，笑容灿烂，整个场景就跟宣传画上一样。我们从没有到过那样的地方，生活条件与城市迥然相异，可是每个人仿佛都充满了想要改变这个世界的热情。

老人继续说，我们是坐专机抵达的，我是马歇尔将军的一名随员，他作为杜鲁门总统的特使，去中国的目的是调处国共间的矛盾。那一趟延安之行结束，国共间的谈判也正式开始了，只可惜最后内战没有能够避免。

这段历史杰瑞了解，于是接着说，您在那时候有没有看出一些端倪。

老人看他一眼，沉默片刻，说，如果我现在告诉你有，那也不过是事后的揣测。那时候，我不过是一名低阶随员，负责接待一名随行的情报官员，并不参与重要的会议。

杰瑞好奇道，有情报人员随行？他的身份是公开的？

老人笑着说，那当然不会，我也是事后才知道他的身份的。他从欧洲过来，之后还要回欧洲去，不知道走延安这一趟为的是什么。我们在延安的时间不过三两天，他似乎刻意想找不同的人了解情况，但是能讲英文的人不多，虽然听说有位重要领导人的儿子留学过苏联，学过英文，但是偏偏人不在延安。我与他踩着黄土地到处走，看人，也看风景，可是要找人说话并不容易；不过，那一边马歇尔将军已经得出结论，认为延安的人追求的应该是美国式的自由民主。

杰瑞问，后来呢？

老人笑着说，后来的结局，你不是已经知道了？可当时什么也还没发生，会面的气氛很好，我们还看了演出，大家都以为后来的战争可能避免，对和平深信不疑，有美好愿望的时候人就像被光芒笼罩着——后来，我想，这可能只是我个人的感觉而已。

这时外头风雨更急，老人有些疲倦，说剩下的可以留待明日再讲。

第二天一早，杰瑞被电话吵醒，他在客房听到老人惊呼，赶紧出来探视。结果老人见了他，招手说，正好，你跟我来，我们要去将马牵回来。

原来昨夜暴雨冲垮了马厩的栏杆，老人的马场中的三十几匹马全都沿山路跑到了山下超市。这个时候，正在露天仓库开怀大嚼瓜果鲜花，已经逍遥自在了一整个早上。

此时，天气已经转晴，马场的员工全部出动，杰瑞也很乐意帮忙，结果花了一整天才让那许多马归队，过程颇为辛苦，却充满了意外的乐趣。杰瑞也因此错过了与老人继续深谈的机会。

到了告别时，下午六点左右，加州的阳光热辣逼人，老人送他离开。上车前，他与老人并排而立，环视山间风景，忽然感叹，道，一点风雨的痕迹也没有了，这一天也完全结束了，明日又是新的一天。

往事自然也更遥远了。

南京

小令最好的朋友萧萧是南京人，她们都在杭州出生长大。初中毕业的时候，小令要跟随父母移民美国，两人依依不舍。那个夏天，小令天天到萧萧家盘桓。夏季炎热，蝉声连绵，她们有说不完的话，但想到分别在即，心情烦恼。

萧萧一家与祖父母同住，父母白天不在家，就由两位老人照应着两个孩子。萧萧的祖父一早都会出去遛鸟，回来的时候路过农贸市场，就顺便带一两样时鲜小菜回家——一手托着鸟笼，一手提着个小袋子，慢悠悠踱步回来，看上去随意潇洒。那日进门，见两个女孩鼓着嘴对着风扇坐在一起，闷声不说话，头发被吹得到处飞扬，脸定格在那画面之中，看上去分外惆怅。祖父一见之下，怔了怔，随即呵呵笑了，说小小年纪看上去这么伤感做什么？来，要不，今天我下厨，做几个清淡的小菜给你们吃。然后挂了鸟笼，转身就进了厨房。

鸟在阳台上啾啾叫着，在缠绵不断的蝉鸣中显得分外婉转。小令奇道，你爷爷会煮菜？

萧萧说，可不是，他过去在南京是一家有名的餐馆的大厨，做清真菜的，他最擅长做素菜。那家馆子在民国时很受欢迎，听他说，他做厨师时还见过蒋介石和宋美龄。

那日午饭的菜看上去很家常，一款素什锦小令认得，一盘红烧狮子头也颇诱人。小令尝一颗，见大家都朝她笑，才醒觉原来那是素的，竟没分辨出来。虽然天热，但丝毫不觉油腻，小令于是胃口大好，又开始有说有笑。

爷爷得意地说，这就对了，小孩子要开心点，不要整日愁眉苦脸的。

小令和萧萧彼此看了看，同声同气说，爷爷，您不知道，我们就要分开了，以后不知道什么时候再见面，难道不应该觉得沮丧？

老人道，说得是不错。但人生难免分分合合，有缘分，总是会再见的。

萧萧恃宠而强词夺理道，这怎么说得准，你自己不也常抱怨人生无常，许多老朋友都失去了联系。

爷爷一怔，叹口气，道，不一样。我年轻那会儿，尽是战乱，打不完的仗，什么也说不准。你们怎么好跟我们那时比？他想一想，笑了，道，见多见少未必代表交情深浅。从前，我在南京一家有名的馆子做事，见的人倒是多。那地方人来人往，有的人隔三岔五地来，有时竟是天天见，却根本谈不上交情。但有的人十多年才来一次，见到了，这相逢一笑，才是叫人记得住的。乱世里面，能好好活下来，都算是幸事，相隔十年见一次也是缘分。

小令尝一尝素什锦，觉得又比狮子头更为可口，这时问，您跟谁十年才见一面，那么夸张？

爷爷点头道，是的，可以说是奇遇。一九四六年抗战胜利，我已经做到大厨的位置，有个国民党的官员宴客点名要我做菜，我去雅间打招呼，原来他请的是一对年轻夫妇，那位先生看着眼熟。我才出了那房间，下了楼梯，那位先生也走了出来，叫住我。你道他是谁，原来真是熟人，在十多年前见过一面。当时，我是个小学徒，有人点了餐馆的饭菜到会，由我送去，结果匆匆忙忙在饭店外头跟他撞在一起，撒了一地——本来也不是他的错，他倒要赔钱。那一顿饭菜，寻常人家好几天的开销，我可也实在赔不起。后来，重新做了饭菜送出去，在门口又碰见他，他说反正是等着，干脆跟我走一趟。一路上闲扯，他问我南京为什么有那么多清真菜。我就跟他讲明朝开国回族将领帮朱元璋打天下，建都南京的历史。他说话带西北口音，原来是从那边来的。他是个副官，他的长官在里边跟人吃饭。我问他怎么不一起吃，他笑着说吃过几顿了，这天他的长官与人聊要事，他得回避。后来，他们走的时候，我看见他的长官，也很年轻，跟他一般的岁数，看上去二十都不到……一晃十来年，抗战结束了，他也不可同日而语，不单成家立业，还是个人物了，倒还记得我。我们聊了一会儿，最后他却叮嘱我说，若有人问起，就只说一句——以前他到绿柳居吃饭见过，别的都别提。我立刻会意。后来我听说请他们吃饭的是国民党军统的人，就是那个特务机关嘛。事后，果然有人来问我。他信得过我，我也没让他失望。

萧萧听了一会儿，突然撒娇说，这跟我们有什么关系？难不成你要我们十年才再见一面？

老人像被问住了，想一想，才笑答，倒不是。我的意思是，萍水相逢，也能留住那么一些情谊，何况是你们，不用担心的，缘分神奇着呢。

对于小令和萧萧来说，这话后来果真没有错。

杭州

托马斯与梳瞳刚开始约会的时候告诉她，他祖父去过中国。梳瞳哦了一声，没有太在意，她以为他说的是这几年的事，再早也不过是一九八〇年代——背着拍立得相机的美国人，穿着颜色鲜艳的恤衫，自旅游车里鱼贯而下，咔嚓咔嚓拍一沓照片，送给小孩子，逗他们开心，自己更高兴，满怀天真的圣诞老人心态。

梳瞳与托马斯都是律师，任职于美国事务所，被派驻香港。由于工作相识，约会了两三年，但是两人镇日出差，大半时间在空中飞行中度过，聚少离多——时间那么珍贵，哪有空说他祖父的事。所以他提起的话，起了头，没尾巴，像掉在水池里的石头，一下就沉没被忽略了。

直到某天，托马斯突然提起他祖父路经香港，千万要挤出时间来见一面。于是周日中午，他们约在文华酒店的中餐厅见面。梳瞳到的时候，托马斯与老人已经入座，已经先点了点心。梳瞳连声说抱歉，因为手上的项目出了点状况。托马斯等她坐下，就跟老人说，她小时候是在杭州长大的。你不是要去杭州吗？

哦？梳瞳说，我周一正好要飞杭州。

老人心情很好地说，那么巧？我下午就出发。上次在杭州，是七十年前的事了。

梳瞳有些吃惊，脑子里飞快地算算数，计算那是哪一年，筷子当一声敲在盘子上。托马斯提起茶壶，帮她把茶杯注满，闲闲说，我没跟你说过？我祖父以前是飞虎队的。

梳瞳肃然起敬，她知道飞虎队是“二战”时在中国战场与中国军队并肩作战的美国空军。她责怪托马斯道，你怎么从未提过，太不应该！然后诚心诚意跟老人说，下周我在杭州请您吃饭。

托马斯觉得冤枉，解释道，今年中国纪念抗战胜利七十周年，祖父刚去了昆明参加活动。战时，他们的基地其实在西南，不过战后，他们的确在杭州的空军基地也待过一阵子。

一顿午餐，言谈甚欢，不免说到杭州的风土人情。老人道，那时，走到街上去，碰见谁，都对我们很友好，卖小吃的小贩还会塞东西给我们吃。我吃到过一种用面皮包的点心，里面有葱，还有别的油炸的馅料，蘸了甜甜的面酱吃，一直没有忘记。

梳瞳哈一声，说，我知道那是什么。我带你去吃。

托马斯说，那就交给你了。我下周要去新加坡。

结果，数日之后，梳瞳果真在杭州凯悦酒店的中餐馆请老人吃饭，先点了葱包桧儿。老人骇异，说，现在要在这么豪华的地方吃这种东西了？记得以前就在街边，小贩点一个炉子，就只用一块铁板……

梳瞳只是笑，问他味道对不对。老人说好吃，问她到底是什么做的。她说，是春饼裹了油条和葱，然后用铁板压扁了再烤，吃的时候蘸甜面酱。

饭后，梳瞳陪老人走出酒店，面前就是西湖。大型的湖上喷泉正随着音乐高潮迭起。他们沿湖而行，边走边聊，老人说，想不到整个中国变化这样大。那时太平洋战争结束，我们正要离开，都说中国内战无法避免，谁想到后头的结局是这样。那时在美国，华盛顿也一直争论不休，互相追究责任，苦苦追问到底是谁的错，让美国失掉了中国，把中国输给另一个阵营了。

梳瞳笑说，不能这么讲。中国人自己的事，哪里轮得到别人来设赌局讲输赢？你们也不过是顾着自己的利益。他们都说是大多数人选择了这样的结果——当时，中国恐怕也没有太多别的路可走，哪一条路都有代价。

老人一怔，笑一笑，他早已失去与人一争长短的兴趣，何况许多事实本来也不是黑白分明。这时，他们已经走到断桥旁边，一眼望去，湖面水平如镜，一座弧形拱桥姿态曼妙联结起湖岸和白堤。老人突然说，也有人跟你说过差不多的话。

嗯？

老人指着断桥，说，有一次搭船游湖——这船的样子到现在竟还没变，也是这样细细一弯，荡漾在水波上，我们就是从这儿上岸的。同船有个年轻女子，英文说得相当流利，她说了什么？让我想想，意思跟你说得很像——那样的时局下，不管选择什么样的方向，免不了都有代价。

这么悲观？一九四五年不是“二战”结束、中国是胜利的一方？你们那时游湖，不看风景，还尽聊时事？

不聊这些，聊什么？老人说，时局让人担心呀。不过，记得她还问了好些关于飞行的细节，记得她问，如果坠机，从高空掉下来，会花多少时间，会不会觉得痛苦……看她神情，我猜想她也许有亲近的人做过飞行员。战争真是件悲哀的事，胜利也要靠无数牺牲堆积。她有个同伴，一个中学小伙子，不怎么说话，时时伤感地看着她。后来，她陷入沉思，大概在回忆，让人觉得真是满湖都是哀伤……没办法，时代就是那样。

呵。梳瞳回答，心中百转千回，却不知说什么好，回头看看身后的宝石山，迟疑问，当年，这山也是这样？应该没什么变化吧？

老人回头看看，突然诧异，道，这山，记忆中仿佛小得多。那时山上有几座平房，也没有那么多树。如果不是山顶这座塔，真的认不出来了。他仰头凝视，迟迟不愿收回目光。

梳瞳说，这塔，叫作保俶塔。

后来，他们往回走，老人忽然说，那些战争，据说都是为了避免战争。年轻人加入进来，血气方刚，都以为自己顶天立地，拿着正义的盾牌，可是最后我们都失去了那么多。战争一起，别的路就都断了。

那一刻，周围云淡风轻，梳瞳觉得最幸福的是可以远离烽火。

香港

小佑知道自己家以前开南北行，但那已是陈年往事。她爷爷后来转行办厂做玩具，并没有太大雄心，满足于小本生意，把几个儿女送去留学，回到香港都做了专业人士，到小佑这一代也一样。爷爷则早就功成退休。

家中有敬老传统，到了周末，小辈轮流陪爷爷去茶楼饮茶，那日轮到她。她带爷爷去陆羽茶室对面的新同乐，爷爷走进餐馆前，驻足朝对面的老字号望了两眼。小佑装作没看见——她喜欢新的餐馆，干净堂皇。爷爷没有说什么。点茶的时候，爷爷颇挑剔，连问两种都没有，到第三种才点成。她想起前两日有同事问她哪里可以买到一种香香的茶，有个旖旎的名字，叫作凤凰单枞黄枝香，于是开口向爷爷询问。

爷爷听了道，单枞是广东潮安凤凰山的茶，黄枝香有黄栀子的花香蜜韵，喝着不错。你去文咸东街的老茶庄看看，那儿什么茶都有。

小佑听了便一拍手说，早该问您，办公室里的同事都说不出个所以然，大家都只知道普洱和铁观音。

你们年轻人上网查查，不是什么都知道了？爷爷说。

小佑想可不是，嘿嘿笑笑。但是公事太忙，没空研究这种小问题。她顾左右而言他，问，您喝过这茶？

爷爷说，这一向竟都在喝英国红茶，单枞以前倒是喝得多——这“以前”，说的是开南北行的时候。他接着说，我们家的南北行也在文咸东街，隔壁就有家茶庄。南北行人来人往热闹，我嫌吵的时候就跑到隔壁茶庄坐着，跟着那些老人喝茶，才十几岁，就已经尝遍名茶，讲起来也头头是道。

小佑笑着说，原来是怕吵，难怪后来南北行没开下去。

爷爷也笑了，说，这倒不是，开不下去了是因为朝鲜战争爆发，那几年生意越来越难做，美国开始对中国禁运，香港变成美国遏制意识形态的前沿阵地。新闻也报道英国海军天天在公海演习。这哪里是能做贸易的样子？但是，天无绝人之路，香港拥进来许多新移民，骤然劳力过剩，怎么办？索性大家都办厂。只是南北行关门大吉，隔壁茶行的茶就喝不成了。

小佑以为爷爷对南北行毫无眷恋，但是听他的口气，也不全然如此。他叹口气说，还是可惜的。我们家那南北行开了近百年，是从我的爷爷手里置铺创业的。一开始，文咸街是新街道，完全靠填筑海旁石滩筑成，紧邻海边码头，经营杂货土产最方便。但所谓没有不散的筵席，后来市面起起落落，香港又不断填海，文咸街也离码头越来越远，失去了往日的便利，好日子过去了。往年的热闹真让人怀念，人来客往，街上什么方言都听得到。记得南洋客尤其多，进门是客，铺子好像开着流水席，最重要让人觉得宾至如归。谁都说香港是个好地方，谁都爱来，来了都觉得好自在。

小佑想一想，道，南洋客？我也记得小时候家里也常常有南洋的客人。

对，就是他们。爷爷说，前些年这些老客人走动得还算勤，虽然不跟我们做生意了，但人情还在，只要路过，就顺道来看看。这些年，却是好久不见了。嗨，人老了，跟不上变化，来来去去怕折腾，何况这城市也在变，让人不习惯。老人们念旧，又不爱去逛商场买东西。

小佑吐吐舌头，笑道，现在的商场跟以前的南北行当然不一样。不过，上环不是还有好些卖南北货的？过几天带同事去买茶，顺道逛逛。

逛逛可以。爷爷喝口新沏的普洱说，不过，哪一行都在变。这时，一笼笼点心正端上来，玉兰带子饺、梅菜皇扣肉包、特色鲍鱼酥、酥皮马蹄糕……爷爷问，叫了蔬菜没有？

小佑连忙答，当然。

爷爷点头，再喝口茶，说，现在这些中餐馆的茶叶应该还是由那几家老茶庄供应的。茶庄倒还是留下了几家，你应该去茶庄坐坐，找老板聊聊，他们会泡茶给客人喝。带你的朋友试试各种不同的茶，好茶很多，也不一定非要买那一种。

小佑嗯一声，随口答道，茶叶生意想必比南北货单纯，那时候，怎么没想转行做茶庄？茶叶不至于也被禁运？

单纯？爷爷摇头，说，看你指什么，做生意能不能单纯，由不得自己，全靠运气。他顿一顿，说，那时我们隔壁的茶庄就碰到过意想不到的麻烦事。

小佑哦了一声。

爷爷说，那年月，即便坐在屋子里足不出户，麻烦也会自己找上门来。记得那时，我们铺子正在结业清盘，我帮不上忙，得了许多空闲，正好长久在隔壁茶庄耗着。那茶庄叫康裕隆，少东家跟我差不多年纪，那日黄昏只有他留在铺子里。我跟他正闲聊着，来了一位年轻的太太，跟着一个小大姐，说要取一包东西，说是个外国人留在那儿的。天气潮热，那年轻的太太却披了件深色外套，不过她人长得漂亮，那外套披着也没有让人觉得臃肿或不合时宜。少东家喜欢美女，立刻殷勤招呼，拿起热水要冲茶，一面说东西有，只消带了凭据。那位太太没有要喝茶的意思，示意小大姐把一张单子递过来，那正是康裕隆的收据，但是那张纸却可疑得很，只看得清一半，另一半竟似被血浸透了，而且血迹尚未干透。那少东家与我面面相觑，不敢去接那纸条。那位年轻的太太也没有任何解释的意思，但看那架势，东西势在必得。

少东家一直愣着，小大姐的手一直抖着，眼看那纸条拿不住，要掉下来，那年轻太太伸手接过去，衣服被牵动，赫然看见她里头旗袍的前襟上也有些斑斑血迹。小大姐开口催促，道，帮帮忙，快一些，东西本来就是我们太太的。我冷眼旁观，见那年轻女子神色古怪，表情太镇定，可眼眸深处有种无法回转的绝望。少东家定定看着她，像被魇住了。两人对峙了好一会儿，他还是一言不发，不过转身到后面拿出一包东西，她们接过就匆匆离开了。

谁知，她们才走，就来了几个差馆的人，其中一个是英国人，气焰嚣张，拿着一张外国人的照片来寻人。少东家看了迟疑，说，他来过，取走了一包东西。

什么东西？

少东家说，前两天广东来了一批茶。

英国人皱眉说，怎么还从上面进货？

少东家像是被吓住了，什么也不敢说，唯唯诺诺，敷衍着说，很久之前就订的货。

英国人看上去颇为不悦，打着官腔说，住在香港，就要跟港英相同立场。

等人一走，我长出一口气道，你的胆子也太大了。

少东家惊魂未定，白着脸，说，那外国人来提过货，后来又把东西存回来，是我一个人经手的。算了，白给人惹麻烦做什么。这年月麻烦事够多了。说多了，纠缠不清，我自己也撇不干净，也许更麻烦。

隔天，看报纸，社会新闻上有一则说港岛治安堪虞，有一欧洲男子当街被枪杀，目击者说开枪者系一中等身材男子。我将报纸拿去给康少东家看，他看着那报纸上的一帧小照片，喃喃说，什么欧洲人，那明明是个苏联人。同一张报纸上还有别的凶案，好像说内地来的大亨与人争风吃醋，被情杀。真是时日堪虞，一派乱象。

差馆的人又到茶庄来了多次，问东问西，让人不得清净。少东家他家里人教他回答还是要用老话，半句多不得。但饶是如此，他们的生意也被多方盘查故意为难，花了许多力气才摆平。家里人让我回避不要再去茶庄。等尘埃落定，我们的工厂开张，忙碌起来，也没时间再去上环了。

至于那个黄昏的事，就像根本没有发生过，谁也没有再提起。爷爷喝口茶，说，有时怀疑自己是不是做了个梦。

小佑疑惑问，这到底是怎么回事，后来搞清楚了吗？

爷爷一口气说完，喝口茶，道，怎么回事？乱世的事哪里能理出个清晰脉络？其实，不知道也罢，徒惹麻烦。

小佑长吸一口气，道，比看谍战片还要惊险，那是什么时候的事？

爷爷想一想，有些吃惊说，竟然都半个多世纪了！那是一九五〇年代初。康裕隆后来也关门大吉了，全家移民。他看看小佑，像知道她想什么，说，与那事没有关系，他们走，是一九九〇年代的事，去了加拿大。走的时候，我们还一起饮了次茶，说起往事。少东家感叹说，家里开店几十年，见的古怪事也多了，但只有这件最离奇，完全猜不到这几个人的路数。都说比起别的地方，香港还算风平浪静，但实际上，多少暗流在底下涌动。历史真相总是不为人知。我们都老了呵，最后爷爷这样说。

小佑听了不出声，回味着那话，想着当下。她想，二〇一六年的香港，可算是风平浪静？旁边有两桌看来坐的都是游客，一桌说普通话，一桌说英文，点菜的时候全点的是普洱茶，还有蜜汁叉烧包、水晶鲜虾饺。这些倒是长长久久，慢慢变作了这城市的浮光掠影。

利物浦

小泳陪祖父祖母坐邮轮，从伦敦出发，将绕行英伦三岛一周。船上老人居多，她不嫌闷，到岸便陪祖父祖母观光，祖父祖母怕累不上岸的时候，她就自己跟团出游。闲下来时间就看书，看完了装在行李中的纸质书，就看kindle电子书。那天傍晚，她坐在船上的图书馆，一面如常阅读，一面时时抬头，正好欣赏夕阳从海平面沉下去。她抬头，低头，再抬头时，骤然看见一对老夫妇正站在她跟前，笑眯眯望着自己。她一愣，有点疑惑，不由自主往后看一看，确认不是自己弄错了，而老夫妇却站着不走，她便只好笑脸相迎。

老太太这时开口，说，爱看书的年轻人现在太少了，真难得。更难得的是你愿意陪自己的祖父祖母，对他们真是周到。我们注意到你好几天了，就是想跟你说一声，我们觉得你太棒了。

小泳微微脸红。老人跟她寒暄。待问清楚她是中国人，老先生便说，我出生在上海。

小泳看看他们，恍然大悟，脱口而出，问，你们是犹太人？

老先生点点头，说，爱看书的孩子到底不一样，你知道历史。听口气当她是小孩子，然后点头道，没错，我们家是“二战”时候从欧洲搬到上海去的，在那儿一住就是十几年……

他话没说完，就有朋友来找他们，说船上的表演要开始了。老人便与她暂时道了别。

小泳对他们的经历产生兴趣，觉得海上航行还有好几天，迟早可以再碰见他们。心中打定主意，决定第二天早餐时，就去找到他们，好问个仔细。

岂知过了一晚上，她竟完全记不清那对老夫妇的模样，在大厅中，放眼望去，觉得这个有点像，那个也很神似，结果却又全都不是，心中于是懊悔不已，只恨当时没有问个清楚。

船到利物浦，祖父祖母随团赶往湖区看自然风光，小泳自己进城去参观披头士故居，回到港口的时候时间还早，便在码头附近游荡。利物浦港口已经不复当年繁华，连解说的导游也语带沧桑地感怀身世。小泳走了一会儿，便有些意兴阑珊，凭着眼前风景，她实在没法想象往日风姿，于是决定打道回府。

邮轮远远在望，她走了几步，见前面有位老人，手里拿着船上的雨伞，慢慢走着。她觉得他的衣服眼熟，便快步赶上去，走到他旁边，侧头打量。她看着他面容，心中也不确定，但老人已经露出疑惑神色，她只好打招呼，老着脸皮问，我们见过？昨天晚上在图书馆？你说你是在上海出生的？

老人一愣，笑了，说，小姐，你认错人了。我不是在上海出生的，我倒是在这里出生的。对，就是这个城市，利物浦。

小泳啊了一声，问，难道你还住在这儿？

老人摇头道，早就不在这儿住了，所以才会故地重游。我一九五〇年代就离开了。他转身，背对着港口，回头看着这城市，道，利物浦的黄金时代在那时候就结束了，你们年轻人都不知道这儿曾被称作“欧洲的纽约”吧？战争的时候，这里是大西洋战场的指挥中心，最后战争胜利了，但这城市却毁坏了。记得那时市中心完全是一片废墟，那些被轰炸过的楼房根本没有办法修缮……后来，这城市再没恢复元气，除了披头士，便再没有出产别的辉煌了。世界变了。

他远眺了一会儿，然后看一看身边的女孩子，见她也望着远处那些楼房若有所思，便远远指一指，说，战后的那几年，我在一家酒馆帮忙，就在那边，离码头很近。

小泳感兴趣地问，那酒馆还在吗?

老人说，当然不在了。刚才我在那附近走了一走，全都认不出来了。这码头也没落了。记得那时候，码头人来人往还算热闹，乘客上岸休息，便到我们那家小酒馆坐坐。

老人问小泳，你是中国人?

小泳点头，老人便说，那时候，我也见过好些中国人。一九五〇年代初的时候，已经没有从上海来的船，不过还有从香港出发的邮轮，乘客到了再接着横渡大西洋到纽约去。那时候坐船都不是为了旅游休闲，远渡重洋的，全有些故事，是战争的后续。

小泳道，是这样吗?

老人说，可不是。我记得有一次，香港要来班船，有个美国人在酒馆里等了半天，从上午等到下午，后来船终于到了，他出去接人，跟一个中国女子一起回来。那女子全身穿黑，美国人跟她说了些节哀顺变的话。两个人谈了些中国的政治时局。那美国人是熟客，是军方的，我见过他在战时跟作战指挥部那些军人常常一起来我们酒馆。他跟这个中国女子应该很熟，可那次不像叙旧，气氛凝重。后来，他先走一步。记得我问那女子是不是第一次去纽约，她神情有些恍惚，说不知道要在那儿待多久。看来，这又是一个背井离乡的人——我自己也一样。记得这样清楚是因为这班船开出不久，我也坐上了开往纽约的一班船……

小泳一面听老人说，一面陪他往回走，突然心中一动，开玩笑问他，你说他们会是什么人，那女子帮美国人做事吗？你是不是也一样？因此他们才会放心在你的酒馆见面？

老人笑了笑，含糊地说，年轻人就是有想象力。也算不上帮谁做事，不过，战争年月，大家都没选择，做些自己力所能及的事也是应该的，都过去了，战争中间谁没有些故事。说到这里，老人突然闭口，好像对于他来说，话题就戛然而止了。

回到船上，后来她也没有找到前一晚偶遇的那对老夫妇，颇有些遗憾。仿佛那些背井离乡的故事最后都汇入了各种各样的生活，走着走着，变成了平常。不是所有的故事都会被记录下来——像她一样，心有余，而力不足。

纽约

香港古书展，人潮慕名而来，为了要亲睹凡·高的亲笔英文信。当年大师初到巴黎，与印象派迎面相逢，遂向早年灰色时期告别，调色板上开始出现信中提到的“Frankly Green and Frankly Blue”那种开诚布公式的鲜艳色调，接着画家便进入了人生新的阶段。多年后，那一纸旧书成为围观的对象，人群聚集为了意料中的心领神会，大概因此觉得历史脉络的某一分支在自己面前变得清晰可鉴，非常有满足感。

高中生寇伊也在人群之中，她是奉父母之命，陪着爷爷逛书展。爷爷长住纽约长岛，偶尔才来香港小住，全家人颇花了些心思替老人找娱乐项目。寇伊记得在爷爷的书房见过狄更斯的首版小说，选择古书展其实是她的主意，她觉得爷爷会对英文古籍有兴趣。

他们祖孙三代，中文讲得最好的是寇伊，因为爷爷是第二代移民，她父母是第三代，都不曾有机会好好学中文；不过在寇伊成长的年月，修习中文在北美大陆突然变得时髦，她便也随波逐流地用功。结果，当她随父母外派到香港的时候，发现自己中文水平居然比国际学校中的大多数同学还要稍高一筹，倒是意外。

爷爷果然不愿往人多地方挤，一见需要排队便走开去，让寇伊自己先去瞻仰名人手迹。寇伊满足了好奇心，回头再找爷爷，却发现他在一幅地图前兀自出神。她也走过去打量，老地图有折痕，当年应该是张观光地图，色彩风格怀旧，那些著名的地标都用一支画笔将建筑勾勒成型。比较特别的是皇后区法拉盛科罗娜公园也占了一席之位，上边用大箭头标着纽约世博会的字样。

寇伊搭讪问，这是什么时候的世博会？难道您去过？

是一九六四年。爷爷转头看了她一眼，眼神有些疏离，随即微露讶异，好像不慎没入过去的深潭，可一抬头却发现世界竟然还有一派年轻的面貌。他稍一愣，开口时声线略高，说，我当然去过。

寇伊咦了一声，问，您还记得？

爷爷缓缓出了口气，像慢慢回到世间，他点头说，当然记得。怎么会不记得，那年媒体铺天盖地渲染——这个说太空时代开始了，那个说自动时代开始了，还有新消费时代也开始了，好像一个新世代就在眼前了。

喔。寇伊觉得有趣，但不以为然，她觉得自己才生活在真正的新世代里，过去的怎么能跟现在比？她敷衍道，真是激动人心呀。然后顺口问，那儿有中国馆吗？

爷爷摇头道，当时在冷战之中，中美阵营不同，纽约的世博会怎么可能设有中国馆？爷爷想一想，又说，不过，倒折中有个香港馆——那会儿，我还在那儿打工呢。当时我在哥伦比亚大学念书，香港馆找临时工，最好是中国面孔。

可您不会中文呀？寇伊笑道。

爷爷嗐了一声，道，谁说我不会？我只是说不好，但是听懂却没有问题。

寇伊不好意思地笑一笑，换个话题，问，香港馆是什么样子的？

爷爷见她有兴趣，有些高兴，待要开口，却觉得说来话长，有些犹豫。寇伊以为他累了，便推着他说，我们旁边坐坐去。

坐在休息的长凳上往前望，仍看得见那鲜艳的纽约地图，画成立体图形的一座座地标远看更显醒目。爷爷忽然开口道，那是一座中国式的建筑。

她一愣，然后意识到他说的是世博会的香港馆。老人的目光还是牢牢锁在那张地图上，神情像已经跨过中间许多的时空，回到了遥远的某处去。他仿佛喃喃自语，说，入口有三艘东方风格、装饰华丽的渔船。楼里有些卖纪念品的商店和餐馆，我就在那间叫国泰的餐馆打工。记得有人抱怨香港馆太商业化，除了门口那三艘船，没有值得看的地方。这话可不对，我在那儿打工，遇见许多来用餐的中国人，听他们言谈议论，偶尔也加入进去，他们常常会提起如何离开家园的往事，那都是一部部历史。不过，也难怪，一般人走马看花，怎么可能留意到这些？

寇伊附和说，想必也是，华人去世博，无论如何也会想到这个香港馆去看看。

爷爷嗯了一声，显得意犹未尽。寇伊觉得他还藏着精彩的故事，试探问，香港馆还有什么？

有个餐馆。老人回答。

连这也还记得？寇伊笑了，觉得老人在敷衍。

可是老人却郑重其事接下去说，是的，场馆里设了家挺体面的餐厅。有一天，有位赞助商——一家香港的贸易公司特别包场，还请来了位新厨师。我们都以为有特别的大型活动，谁知来的却只有一桌客人，选最靠里边的位置坐。先来的是一位女士，中国女子看上去都年轻，我们还打赌猜她年龄，不过猜不出个所以然来；然后来了一位男子，高大英俊，带了一个小孩。两人的外表看起来很般配，神情间也有些默契，可是总有些地方不太对。那女子有些强势，所以一开始，空气中就有些别扭。

他们应该是要刻意避开旁人耳目，上完菜，餐厅里便没有留人。我刚好在后面清点存货，跟他们只隔了道墙。那建筑为了世博会才盖的，墙格外单薄，才让我无意间听到他们谈话。不过也才只听了一会儿就被人发觉，他们手下那些人表现得有些过分紧张，急急忙忙要我走开，后来大概以为我不会中文，才明显松口气。我虽然只听到些只字词组，却已印象深刻。

记得那男子先说了这么一句。听说，中国原子弹实验成功了。

那女子回答，这是迟早的事。

男子叹了口气。

女子道，你担心台湾？你放心。那边不会乱来的。

男子却说，你我哪能预见得了政治上的变故。

女子道，你想过吗，有时拥有武器其实是为了永远也不需要用到那武器。

男子道，这是政客惯用的借口。

女子道，不要把那些无聊的政治加到我们中间来，政治跟我们小人物有什么关系。

男子长出一口气，口气中微有揶揄，说，嗯，小人物？这会儿倒说政治无聊，真是撇得干净。

女子却不在意，只说，回来就好。我需要你。

那口气是这样坦率，不容人拒绝。我立刻觉得他不会是她的对手。她想做什么，一定能做到。

啊？寇伊听到这里，已经被吸引，可是爷爷的故事显然已经讲完。寇伊追问，不是还有个小孩吗？

他爷爷一愣，说，我记不太清了……好像那新来的厨师做的全都是些小孩爱吃的点心。

他们都是些什么人？

爷爷摇头说，我不知道他们是谁，纽约什么样的人没有，什么奇怪的事不会发生？旁人不过是看看热闹罢了——但他们看上去着实赏心悦目。到后来，一顿饭吃得相当融洽，大概是双方都得偿所愿。这让人高兴，对于他们，也算是一个新的开始吧。

新的开始——人们总是被这几个字吸引。

寇伊仍旧看那远远挂着的纽约地图，湛蓝的主色调相当夺目，她不由自主想到凡·高信中提到的那两个关于颜色的词：Frankly Green，Frankly Blue。她问爷爷要怎么翻成中文才好。

爷爷笑说，这不应该问你？你的中文比我强许多。

寇伊想一想，问，用坦率还是坦荡？

爷爷站起来，说，都好。

寇伊想，可不是？如果是一个新的开始，坦率或者坦荡，这难道不是人们在起始位置，心中必抱着的希望？

台北

小乔从旧金山飞台北，替她父亲庆祝生日，打算速去速回。那不是逢五逢十的大日子，不过跟亲友热闹一下，顺便她也要见朋友。小学同学要聚会，中学同学在联络中，大学死党小畅在新加坡工作，打算飞过来，要她带领吃遍美食地图——人生是这样热闹有趣。就这样，天天笙歌的日子很快过去，快到回程，父亲做东，邀请她跟小畅吃饭，当作饯行。

吃饭的小馆子是小乔父亲经常光顾的，上海菜做得很地道。老板出来寒暄，大概小乔父亲提过她在硅谷脸书工作，老板盛赞了几句，小乔笑容满面表示客气。她认得老板，却总记不清他姓什么，她也没有觉得不妥。

熏鱼、烤麸、马兰头、松子鳜鱼、腌笃鲜——这是她父亲宴客的固定菜单。等待上菜时，小乔不由自主拿出手机，先查邮件，再看脸书，然后看新装的Line和微信，忙得不亦乐乎。小畅不好意思当长辈的面在社交媒体上神游，便与伯父寒暄，问，伯父是上海人？

小乔父亲说，不是。我们老家在江浙，离上海不远。

小畅便说，喔，原来你们是外省人。

你也知道这说法？小乔父亲笑道，小乔的爷爷是军人，当年跟军队一起过来，刚来时候，可谓人生地不熟。

小乔抬头接一句，说，我爸小时候在眷村长大的。

她父亲点头说，那时大批人过来，住在一起，叫作眷村；后来眷村没了，人也落地生根，到我是第二代了。

老板娘端菜上来，听到他们交谈，便也笑着添一句，啊哟，你们眷村的小孩子最霸道，很会欺负人哦。

小乔父亲笑笑说，这话说的，你亲眼见过？

老板娘却答，不都这么说？你没有霸凌别的小孩就好啦。老板娘一直笑嘻嘻的，本来也是玩笑话，并不为了追究虚实。

小乔爸爸却较了真，想一想，解释说，也不是霸道，年少孩子刚到陌生的地方，怕被排挤，结果先下手为强，往往做过头。弱肉强食，谁说小孩游戏的规则不是这样。

小乔扑哧笑了，抬头说，哪来那么多借口？老爸，你干脆交代，自己到底有没有欺负过人？

她父亲一愣，小畅笑着摇头。小乔父亲历来迁就女儿，两人没大没小，这会儿果真反省起来，然后笑道，嗨，被你说中，排外也算欺负人的话，就真是惭愧了。

嗯？你说说看，怎么回事。小乔有心与父亲抬杠，放下手机要听原委。

父亲无奈地说，那时我们大概十五六岁，共同的假想敌是个同学。我们被叫作外省人，他在我们之间更是个外人。这人自小借住在亲戚家，他母亲早逝，父亲在纽约，却把他独个儿送到台湾来。他感觉到我们的敌意，一面在我们面前摆出优越感，一面保持距离，同时也尝试过靠近我们，但总不成功。同学间刻意孤立他，故意盛传他父亲已经将他遗弃的流言。

我们两家住得很近，碰到他偶尔也会聊两句，但执意不同他交朋友。有一天，他跟我说他父亲来了，他们要去圆山饭店吃饭。一九七〇年代初，圆山饭店进出的都是些政要名人，去那儿吃饭算是件了不得的事。我觉得他告诉我是为了炫耀，觉得反感，便不去搭理。他当然觉得没趣，讪讪地走开。

那个周末我果然看见有车中午来接他。当天下午，我刚好去南京东路看亲戚，在那附近又见到了那辆黑色的奔驰车。那时，这样的车不多，我当然一看就认得，于是好奇观望，便正好看见他跟一位女子从巷子深处一户小院推门而出。那是座日式房子，门在他们身后颇不友好地关上，关门声太响，我隔着老远也听得清清楚楚。但那女子转身看那紧闭的木门，却施施然有一副笃定的胜利者姿态。

女子身上仿佛有层光芒，使人隔了老远也能注意到她。她抬头，墙头有院子里伸出来的影树的枝干。按理说那么远应该看不到她的表情，容貌不可能看得仔细，也许是她的姿态，或者脸部轮廓拼凑出来的印象，那画面让我突然想起上一辈老人说起往事时的长吁短叹。可是不应该啊！火红的影树下，岁月静好，怎么会让人有这种大悲大恸，还是大彻大悟的联想？我竟也分不清楚是不是自己的错觉。世界好像停了下来，要让转动的齿轮变得吻合之后，才能再吱吱嘎嘎转动。这让我更觉好奇，但是无奈隔着距离，当然是看不真切。我那个同学站在她身边，好像有些不耐烦，但大概不敢催促，在她边上他不过是个小孩子。他用脚踢了一颗石子，骨碌碌滚动的声音提醒了那女子。于是他们先后坐上那辆黑色的奔驰走了。

过几天，放学路上我又碰见他。这一次，我忍不住主动跟他搭话，问他那天跟他在一起的是什么人。他却含糊其词不肯说，问我在哪里见到了他们的。听我说出那个地址，他想了想，忽然问我要不要跟他回去看看。

我们回到那里，却看见那户人家正在大办丧事。他也显得很吃惊，呆呆站在那里，一言不发，直到我催促数次，才跟我一起往回走。路上，他忍不住开口说，那过世的老人以前是个人物，但他们都一样。他停了停，老气横秋地说，大家全退到一个小岛上——只是退那么远，也躲不开以前的恩怨。一个人自己做过什么，是永远也躲不开的。他们在这儿，你说是别人把他们当外人，还是他们自己把自己当成了外人？

他的这句话让我觉得很不舒服，像被戳中了什么。我故意不回答他的问题，而是追问那个女子是他什么人，跟那家人有什么关系。他却叹气，道，他们都是跟我没有关系的人。语气充满了抗拒和无奈。他看我一眼，掷地有声地说，跟你也没有关系。

不久之后，听说他父亲要接他回美国去了。走的时候，他跟我们的关系突然出乎意料变得和谐起来，好像交战双方终于都偃旗息鼓，而且惺惺相惜。有人传说他父亲与政府高官走得近，同学们看他的目光中也多了一些艳羡。但是迟了一步，我们都没有时间了解他了。

小乔听完父亲的话一呆，心中好像有什么也被触动，可说不清是什么。直到上了飞机，才意识到，这次回来，听父亲讲话，那是最长一次，而她的人生也并不真的匆忙至此。昏昏欲睡中，她告诉自己，下不为例，下一次回来她应该做的是好好坐下来，与父亲聊一聊。那些往事，若无人提，她竟然都不曾知道。当然，父亲根本没有要责怪她的意思，但了解本来不就是她的责任吗？而且她没有想到，自己父亲竟这样会说故事。

多年后

我们终将站在未来

回首

那些罗曼蒂克的过去

已经写好

可他们也许

会借我们一张面具

我们也许

会把一切抛在身后